藏一座城在书里,藏一段时光在心间。

当水流撞向那形若"鱼嘴"的坚利堤头时,瞬间便被支解,左去一支唤作内江,右去一支名曰外江。刚刚还如水怪般狂暴嚣张的疾流,气焰顿时收敛了许多。

一堰润古今

和我在成都的街头走一走

直到所有的灯都熄灭了也不停留

你会挽着我的衣袖

我会把手揣进裤兜

走到玉林路的尽头

坐在小酒馆的门口

——《成都》

那水柱不散,如一道银光直击茶碗,便见那茶叶在白盏中翻滚。这时,茶艺师微一抬手,壶嘴的水柱戛然而止,完成一个干净利落的收束。

再看那桌面,竟是滴水不溅。

茶园两绝技

转头看见那人在书摊前背着手闲闲踱步的背影,便觉得是一幅很美的图画,就会想起文学家姚鹓雏的句子来:"暇日轩眉哦大句,冷摊负手对残书。"

望江楼的银杏躯干要两个人才能合抱,没有一二百年成不了这样的气候。

仲春了,银杏的叶子长出来,老树新枝,在清晨的阳光下泛着绿光,那种美让人一时犯晕。

瑶画池周围的建筑布置得很少，显得极为疏朗，树木成了主角，岸边密密地间植着两行水杉、楠木、银杏和洋槐，夹成幽深的林荫小道，空气都好像变成了绿色。

尤其是在夏天,越吃越热,越热越吃,以毒攻毒,全身通泰舒服。而冬天,则有一种温暖随着串串香的滋味通向身体的每一个细胞。

冷啖杯与串串香

锦城诗酒花

谢伟 著

中国旅游出版社

统　　筹：周华诚　王佳慧
责任编辑：王佳慧　胡一鸣
责任印制：冯冬青
封面设计：中文天地
插　　图：唐　郗

图书在版编目（CIP）数据

成都　锦城诗酒花 / 谢伟著 . —— 北京：中国旅游出版社，2022.1（2024.10 重印）

（一人一城）

ISBN 978-7-5032-6891-5

Ⅰ . ①成… Ⅱ . ①谢… Ⅲ . ①散文集－中国－当代 Ⅳ . ① I267

中国版本图书馆 CIP 数据核字（2022）第 000272 号

书　　名：	成都　锦城诗酒花
作　　者：	谢　伟 著
出版发行：	中国旅游出版社
	（北京静安东里 6 号　邮编：100028）
	https://www.cttp.net.cn　E-mail:cttp@mct.gov.cn
	营销中心电话：010-57377103，010-57377106
	读者服务部电话：010-57377107
排　　版：	北京中文天地文化艺术有限公司
印　　刷：	北京金吉士印刷有限责任公司
版　　次：	2022 年 1 月第 1 版　2024 年 10 月第 2 次印刷
开　　本：	889 毫米 ×1194 毫米　1/32
印　　张：	7.875
字　　数：	143 千
定　　价：	49.80 元
ＩＳＢＮ	978-7-5032-6891-5

版权所有　翻印必究
如发现质量问题，请直接与营销中心联系调换

与一人，踱一城
（出版说明）

一座城，伫立在历史长河边，披着时间的柔光，看岁月流转，世事变迁。它静默不语，却内涵万千。它的故事，远非走马观花、匆匆打卡可以领略；而是要点一炉香，温一壶酒，与它对坐，慢品细读。

"诗和远方"并不是"生活在别处"，所谓的"别处"，亦是彼岸人家的日常烟火。一座城的故事里，历史波澜壮阔，山川沧海桑田，在彼时彼刻，都是一户户人家寻常日子的点点滴滴。

"爱养心识"，才能"策发神解"。当我们奔波在现代生活的高速轨道上，需要不断地回溯来处，以便汲取滋养心灵的能量，明晰未来的道路和生活的方向。"一人一城"系列即着眼于个体对城市的品读、体悟，每个城市邀请一位当地文化名人作为"向导"，深入城市风貌、历史风情、过往人物，以及街巷市井、在地美食、时下生活。作家用微温的笔触，带领读者深入城市的角落，行走之间，让一座城市的气质、气息、气韵自然浮现出来。我们相信在这样的个人视角中，一座城市在漫漫光阴里沉淀下的温暖,将会浸润和拥抱我们的此时此刻。

本系列的作者们,都在当地生活多年,对他们所在的城市有深刻的体验、观察,他们与那座城市耳鬓厮磨,读城,读人,读生活;文字里不减其厚重,又添如许亲切与灵动,字里行间,处处贴着地气,洋溢着生活的细节与微光。而这也是我们所特别珍视之处。相信这个系列,将带给读者不一样的阅读感受。

2021 年推出的三本书定位为"诗意栖居 × 人间烟火",分别为鱼丽的《上海 海上风情录》、金泓的《苏州 吴门酒一杯》、吴卓平的《杭州 钱塘风物好》。

2022 年推出的三本书定位为"悠悠古意 × 市井人家",分别为华静的《北京 闲笔识京华》、周水欣的《南京 金陵深深处》、谢伟的《成都 锦城诗酒花》。

它是一场雪就可以穿越到北平时代的古老帝都,它是全球政治、经济聚焦的国际都市,它以文化遗产和现代地标将千年文明与潮流文化承载一身,它又在悠悠胡同中掩映着京味人生。古老与现代、传统与流行、高大上与接地气,北京几乎兼容并蓄着我们可以想到的各种城市特质。华静以生活笔触撩开了这座城市的大气面纱,从京城名家、外国友人、黄发垂髫等不同人的角度入墨,在闲游细走间描摹出一幅润着晨昏光晕的京华烟云图。

六朝烟云诡谲,秦淮歌声婉转,近代战火纷纷,民国风云变幻,繁华与苦难,文化底蕴与市井生活,其间种种都被南京这座伟大的城市融冶于一炉。当代的南京并没有追赶北上广的高速发展,而是保持着一种悠悠然的现代化节奏。这座城在周水欣的笔下,就像"雪白粉嫩,丰满小巧,笑起来甜津津"的表姐走过青石小巷的背影,娉婷、鲜活。

从兵家必争的"天府之国"到游人如织的"网红城市",从杜甫的草堂和诗篇到当代的创意都市和新兴玩法,古蜀人的文明底蕴,穿越千年,化成了蓉花落在宽窄巷子上的一抹剪影、盖碗茶里揉碎了的日光。谢伟写都江堰,写三星堆,写泛着青铜光泽的岁月斑驳;也写午夜小巷"鬼饮食"的麻辣鲜香,写青城后山借雪口赏梅打酒待客来的闲情逸致,那是独属于成都的诗、酒、花。

"与一人,踱一城"。我们可以在书里,跟随一位当地文化名人,去翻阅一座城市的前世今生,我们也希望你能和生活中很重要的亲人、朋友、伴侣,慢慢地踱过一座城的街头巷尾,去触摸时光在那里留下的斑驳痕迹。

在人人向往"诗和远方"的时代,我们希望旅行不是一场出走,而是一次通过文化细读实现的生活回归。这也是在文旅融合背景下,我们对"城市旅游"的一种期待。如果说"乡村旅游"要唤起的是人与自然的和谐,那么与之相对应的"城市旅游",要追寻的,则应该是生活与心灵的平衡。

"一人一城"丛书编辑部

2022 年 1 月

写给成都的一首情诗

（代序）

尽管我在成都生活了近三十个年头，却从未曾起念写一本关于它的书，甚至连单篇的文章也都极少涉笔。我太爱这座美丽温婉又烟火撩人的城市了，我生怕自己手中这支秃笔描绘不出它可爱的模样，甚至还有可能将它歪曲，所以有关它的内容我总是不敢轻易地触碰。

不过，由于机缘的巧合，今年我还是完成了这部关于成都的作品——《成都　锦城诗酒花》。在几番犹豫并最终决定写这本书的时候我才发现，多年来我一直深陷在一个思维误区里打转儿，总以为要写一部有关成都的书，就必须得像专家一样全面系统地研究和了解它，而这对我来说无异于一项浩繁、艰巨的工程，是断难胜任的。我虽也算得是个"后天型"的老成都了，却不曾下真功夫去深入地了解它。我对它的了解仅停留在感性认知的层面，那就必定是片面而浮浅的，所以我的写作总是本能地绕开与它相关的题材。

　　但后来本书编辑在向我约稿时说的一句话让我茅塞顿开。她说，我们要的是一部抒写成都的散文集。我这才瞬间恍然，可不是吗？谁说写一本关于成都的书就一定得以严格的体例去为它立传呢？我只要写出自己眼中的成都就好了，这种以个体经验来表现一座城市、偏于私人化写作的方式是我所喜欢的，也必将是一趟在情感引领之下愉快的文字漫游。

　　确实，要表现一座城市，方式是可以多样的，这主观体验式的散文写作就是其中较为柔软而轻快的一种，哪需要像学者那样懂得那么多呢？这就好比说我倾慕一位美丽的女子，是未必需要了解她的一切的，我不必掌握她的基因图谱，也无须了解她的血型、血压和心率，更不必知道她雌激素的分泌情况。我只需要深情地注视她，她高挑的身材、傲人的三围、精致的五官和优雅的气质就足以让我怦然心动；再进而与她聊上几句，还发现她有着不俗的谈吐和丰富的内涵，就更是让我心醉神迷了。这便已经足够，我就会忍不住为她写诗，为她静止，为她做不可能的事，为她弹奏所有情歌的曲子。

　　于是我有了充足的理由和信心去做这件原本以为完全不可能的事情。是啊，是时候为成都写一首浪漫的情诗了。

　　我心里便不再有什么顾虑，我不需要以宏大叙事去著就一部皇皇史诗，我尽可以自作多情地喃喃自语，自顾自地絮叨我对它的爱恋，感激它所给予我的种种欢愉。

许多年来,我都以为我这深居简出、半隐于世的资深宅男,并未真正地融入这座城市当中,而及至动笔开写我才发现自己有意无意之间,竟与它发生了那么深刻的关联。我不仅爱它,也确乎是懂它的,我与它更是难以分割——我就像嫁接在它这棵大树枝干上的一根细丫,日久天长,彼此早已血肉相连了。靠着它提供的养分,我已是枝繁叶茂,甚而还开出了许多烂漫的花朵。

　　写着写着,沉睡的记忆渐渐苏醒了,思绪的涓流潺潺湲湲,汇成一挂气势如虹的飞瀑,一时难以收拾。到后来,我甚至尤怨纸短情长,即便再写两本也说不尽我与成都的美丽情缘。

　　"年深外境犹吾境,日久他乡即故乡。"事实上,我在内心深处早已将它认作自己亲爱的故乡了。

　　因而我觉得,此次与中国旅游出版社的合作,确乎是天意的撮合,可谓正当其时、实未晚矣。正是这长达近三十载岁月的累积才使我与成都的情分如此之深,才使我所经历的一切有足够的时间在心底充分发酵,酿出这十万粒情真意切的醇香文字,并勾划出我人生的轨迹,留下一丝生命与思想的印痕,更使我眼中美丽的成都能够鲜活地呈现在众多读者的面前。

　　故此,我深感幸运,更深怀感激。

谢　伟

2021 年 11 月 26 日

于蓉城花影楼

目 录

第一辑 >>

九天开出一成都

- 002　一堰润古今
- 009　文翁兴官学
- 016　亦庄亦谐大慈寺
- 024　谜一般的三星堆
- 032　宽窄巷子的前世今生
- 038　川西林盘
- 045　山居乐事
- 053　关键时刻能"雄起"
- 059　替代铁钱有纸券
- 064　绯闻男女

第二辑 >>

锦城一觉繁华梦

- 072　尤爱锦城美，白首不相离
- 082　烟火玉林最成都
- 090　寻常茶事
- 098　茶园两绝技
- 106　乡村老院"农家乐"

	112	冷摊负手对残书
	118	叫卖：一座城市的温情微吟
	123	只因去买酒，顺便看梅花

第三辑 >>

信有山林在市城

130	杜甫草堂
139	武侯祠
146	望江楼
154	桂湖
160	罨画池
167	东湖
174	花影楼

第四辑 >>

原为世人美口腹

184	冷啖杯与串串香
192	深夜"鬼饮食"
198	花影楼中凉菜宴
203	带响的美食
212	别样的成都菜市
218	味觉的启蒙

第一辑 >>

九天　开出
一成都

JIUTIAN

KAICHU

YICHENGDU

一 堰润古今

从我青城山的居所到都江堰景区只有十多公里的路程,每年入汛之后,我都会择一晴日闲游到古堰渠首的上游,站在一处高地上俯瞰岷江出山时的壮丽奇景。

这时,岷江的湍流在挣脱了岷山山脉崇山峻岭的千般阻遏之后,携带着大量的泥沙和鹅卵石汹涌而出,浑浊的江水低声咆哮,浩浩汤汤,冲向一马平川的成都平原。

疾流如困兽出笼,狂野暴虐,狼奔豕突,却在几公里外的江段遭遇了强力阻击。只见那渐次开阔的江面中心位置突然隆起一道纵向的长堤,犹如一头巨鲸伏卧水中。当水流撞向那形若"鱼嘴"的坚利堤头时,瞬间便被支解,左去一支唤作内江,右去一支名曰外江。刚刚还如水怪般狂暴嚣张的疾流,气焰顿时收敛了许多。

那座鱼形的分水堤便是战国时期秦蜀郡太守李冰所筑都江堰水利工程最重要的渠首分水设施,它起着调节水量的重要作用。夏季洪水汹涌，成都平原易受水灾，这道堤坝便能将大部分的洪水分流至外江。而冬季枯水期，平坝地区又常常来水不足，于是又在几百米外玉垒山的岩壁上凿开一条状若瓶颈的渠道（宝瓶口），将水流经内江导入平原腹地。这一设计可通过一系列特殊的设置自动调节水量，对此，《华阳国志》做出了这样的表述："旱则引水浸润，雨则堵塞水门。"

如此一来，潺潺江水便一路欢歌，分作无数的支流，润泽了平畴万顷的川西坝子。同时，外江把多余的水量和大量的泥沙带走，最终汇入长江。从此岷江水流就像捣蛋的孙悟空戴上了紧箍咒，再不敢任性胡为了，旱涝无常的平坝地区变成了"水旱从人"的良田沃土，千百年来蜀地百姓都享受着"不知饥馑，时无荒年"的安稳日子。三国蜀汉时期，丞相诸葛孔明还送给这方沃土一顶金光闪闪的桂冠，这便是"天府之国"的名号。

此可谓一项功在当代、利在千秋的伟大工程。我所读到的关于它的文字无不予以深情赞颂。余秋雨在《都江堰》一文中就称它是"中国历史上最激动人心的工程"，在与伟大的长城作比时，他甚至说"长城的文明是一种僵硬的雕塑，它（都江堰）的文明是一种灵动的生活"。

确实，长城早已武功全废，仅留存了一种难以名状的象征意义，而都江堰却依然身强体健、青春勃发，两千多年来，其科学的自流分水系统一直在有效地发挥着作用，可谓泽被蜀土、造福万民，因而世世代代的人们都铭记着李冰的恩情。作为蜀地子民，我从小就将他视作神一般的贤祖。

但多年之后，我在研究古代建筑和大型工程的时候才意外地发现，人类历史上那些堪称伟大的建筑与工程奇迹，多数都是因工艺精堪、规模宏壮、耗资巨大而斩获这一殊荣的，鲜有人从是否利民惠民的角度加以考量。

客观地讲，那些建筑与大型工程确实堪称伟大，它们体现了人类在这一领域的杰出成就。然而，建造它们的目的却大多并非为了造福百姓，而是君王的自嗨。

秦始皇活着的时候便开始建造阿房宫了，意欲生时尽享荣华，死后入住超级豪华的陵寝，在阴间继续享乐；古埃及三代法老也为身后之事大兴土木，建造巨型陵墓金字塔；古加里亚国国王所建的摩索拉斯陵墓、柬埔寨的吴哥窟也都是君王的大型墓葬；印度泰姬陵则是沙贾汗国王为王后建造的陵墓；巴比伦的空中花园是尼布甲尼撒国王为取悦爱妃而送上的一份礼物；古罗马皇帝韦斯帕芗建造斗兽场，是为了满足自己和贵族观赏杀人游戏的变态嗜好……古今中外，这样的"伟大工程"实在数不胜数。

在古代封建专制制度之下，皇权至高无上，帝王垄断一切，人民自然也成了随取随用的劳动力资源，尽可榨其脂膏，供皇室挥霍。今天，我们在隔着岁月的烟云仰望那些规模宏大、美轮美奂的"伟大建筑"与"工程奇迹"并为之啧啧称叹的时候，何曾想到无数百姓为此付出过怎样惨痛的代价。我们再也闻不到当年的血腥与死亡的气息了，"孟姜女哭长城"一类的故事也只是遥远的传说，已无关乎我们的痛痒。

查阅典籍，我实在数不出几个既利国又利民的古代伟大建筑与工程奇迹。大致梳理一下，希腊雅典卫城和古罗马引水渠倒是考虑了民众需求的，埃及亚历山大港的灯塔和南美印加路网也让百姓有所受益。那我身边这个润泽千载的都江堰水利工程则当然是毋庸置疑的惠民工程了。

的确，和绝大多数知道它的人一样，在许多年里我都毫不怀疑这个结论，或者说愿意相信这个结论。但自从成为它的邻居之后，我便有了更加深入了解它的愿望。于是我翻阅相关史料，竟获得一些出乎意料的发现。

千百年来，蜀中百姓都将治水的功绩记在了李冰父子的头上。但据史料记载，对蜀中水患的治理早在大禹时期就已开始。那时，治水是关乎生存与发展的头等大事，大禹为了人民的利益三过家门而不入，堪称道德高尚的人民领袖。后来，古蜀国开明王的主要政绩也是治理水患。

但遗憾的是，虽经历代不断治理，水患依然未能彻底根除，不过也有较大的改观，故而古蜀先民陆续从岷江上游迁徙到成都平原定居下来。再后来，李冰入蜀，继续治水，并在前人的基础上往前推进了一大步，彻底根治了水患，可谓一劳而永逸。

于是，人们将李冰看成了爱民如子的父母官和道德楷模以及救世恩主，到现在川中各地依然有许多祭祀李冰父子的庙宇，比如，都江堰景区内的"二王庙"、他病逝之地什邡洛水镇附近的

"大王庙""二王庙"以及岷江上游松潘县境内的"川主寺"。这说明自古以来李冰就被尊为四川的恩主,被当成了神来膜拜。同时也说明他工作作风踏实,为了弄清岷江流域的水文状况,他逆流而上,一路考察到了岷江的源头,实在堪称焦裕禄、孔繁森和杨善洲式的好干部。

但有更多的史料告诉我们,当年秦昭王任命李冰为蜀郡太守时,曾当面向他部署了工作,要他治理好蜀地水患,使蜀地成为秦国坚强的战略后方。李冰不辱使命,创造性地完成了这一艰巨任务,建成了都江堰水利工程。然而,其初衷却并非我们以为的那样,是为了蜀地百姓能过上安宁富足的生活。作为工程的具体负责人,他只是在被动而忠实地执行着秦国中央政府的一项重要的指令而已。

距秦灭六国大约一百年前,秦孝公便已有了统一天下的宏大志愿,他启用商鞅施行变法,使秦国逐渐强大起来,并逐步推进其统一天下的战略大计。

于是,秦孝公决定先取巴蜀而镇之。此地地势险要、易守难攻,且气候宜人、物产丰富,作为战略后方,乃是不二之选。得蜀国便有源源不断的军粮及物资补给,扼巴国则可固守长江险隘,雄视荆楚,对中原六国形成合围之势,待时机成熟,便可顺江而下,直抵楚国腹地。正如秦国名将司马错所言:"得蜀则得楚,楚亡则天下并矣。"

公元前316年,秦灭巴蜀。此后两代君王秦惠文王和秦昭王也将统一大业视为家族使命，励精图治、富国强兵。而巴蜀地区作为战略基地自然得到了秦国中央政府许多政策上的支持。于是，耕战结合的战略方针在此得以大力推行。

为彻底根除水患，确保蜀地成为秦国军队的物资补给中心和安定富庶的大后方，同时将岷江水系进行改造优化，使之成为连接成都、通达长江的军事水道，秦昭王任命年轻有为的李冰出任蜀郡第二任太守。

我们不知道李冰是在以往的从政经历中积累了治水的经验，还是在修建都江堰水利工程的过程中现学现用，总之，他足够聪明和勤奋，他如履薄冰、宵衣旰食，生怕有所闪失，因为这是一项艰巨的政治任务，弄不好是要掉脑袋的。所幸他通过多年的苦干加巧干，终于完成了这项浩繁的水利工程，也留下了一个万古流芳的传奇。

但千百年来，淳朴善良的亿万百姓似乎是想多了一点，一厢情愿地认定这位太守就像父母一样地爱着他们，是为了他们的幸福在拼命工作，不仅奉献了自己，还奉献了儿子，哪知他只是在认真履职而已。

当我知道这个真相的时候，一时也难以接受，心情郁然，如雾迷天，数日不开。但仔细想来亦未为怪，这一切似乎又尽在情理之中。在家天下的封建时代，统治者治理国家的出发点当然是以自身利益为先。与江山的稳固、王室的富贵以及名垂千古的霸业相比，百姓的福祉永远都不会是他们施政的首要追求。百姓只是统治阶级的家奴而已，是为他们提供各种服务的人。当然，也不排除"肉食者"当中偶尔会出那么一两位明君良相，有意无意间做了那么一两件惠及百姓的好事，就比如李冰和他举世闻名的都江堰水利工程。

就这么一点顺水人情，老百姓便已是世代感恩，李冰也因此成为百姓心目中为官者的楷模，甚而成为半人半神的恩主。而他建造都江堰时，是时时以人民利益为念，还是只想着搞出显赫政绩以便加官进爵？抑或两者兼而有之？我想，这将永远不会有确切的答案。

但无论如何，像都江堰这样的工程客观上是让百姓受益的，它浸润古今、造福一方，堪称利国利民的良心工程，在中外历史上都是极为罕见的。它在水利工程技术上取得的成就也是无出其右，而能连续使用两千多年不废的水利工程更是举世无双。

我常常站在"鱼嘴"和"宝瓶口"的位置闲看江水流淌，不免有"逝者如斯，不舍昼夜"之慨。所有的人事均已随波远去，李冰也早已成为一个遥远的传说，而这古堰却依然忠实地导引着岷江之水尽遂人愿地汩汩奔流，千载不息，万古不竭。

文翁兴官学

我曾经在一篇文章中说到自己热爱成都的诸多理由，其中一条便是它的历史极为久远。这座城市建成两千多年了，发生过太多的事情，随便一个地名都像是用一段历史的切片制成的标签，自那标签处撕开一条缝来，侧身而入，定会赶上一出历史的活剧。

我有轻微的"考据癖"，对史事总有追根溯源的冲动，成都便是能够满足我这个癖好的地方。刚来成都的时候，我爱骑着自行车满城乱逛，见到曾经听过或能够引起好奇的地名，就会像刑警那样顺藤摸瓜，一察（查）到底。

有一天我自南向北，经彩虹桥去东城根街办事，刚过了锦江，忽见一块路牌，上书"文翁路"三个字，心就瞬间"嘣嘣"起来，莫非此地便是当年文翁办学的旧址？再往前行二三百米，便见道路左侧即是石室中学的大门。我刚刚的猜想马上得到了证实，这里果然就是有着两千多年办学历史的"文翁石室"。

真是猝不及防，早年从书里读来的邈远史实与眼前的实景迎面相撞，且严丝合缝地扣咬在一起，那一瞬间带给我的惊喜难以言说。就像第一次去游西湖，漫步白沙堤，忽忆起白居易"最爱湖东行不足，绿杨阴里白沙堤"的句子，见四围又恰是"乱花渐欲迷人眼"的景致，心里真有难言的喜悦。

那天，我在文翁路上徘徊了许久，然后混进石室中学的校园，在那里闲逛了一两个小时。因路上的这次偶遇与寻踪，我竟"忘了当初为什么出发"——那件原本要去办却又并不太急的事情自然也被撂到了一边。

那几个小时里我心里一直想着文翁，他是我崇敬的古圣先贤之一。文翁和李冰都曾做过蜀郡太守，均施行惠泽蜀人的善政。李冰岷江筑堰，历两千载而不废，变蜀地为沃野，风雨和顺，富庶繁华，其功德与声名永载青史。而文翁则主抓精神文明建设，大兴教育，使蜀民开智、明理、知礼仪；同时，举贤任能，使蜀中人才辈出，亦可谓功高盖世。

从主观意图上讲，治水是秦昭王给李冰下达的硬性任务，秦昭王是要将蜀地建设成为物资充裕的战略基地，为统一六国提供物质保障。而文翁入蜀履新时，汉景帝并未向他提出特别的要求，那就按常规操作，自个儿看着办吧。而文翁并未懈怠，且主动作为，创造性地开展起工作来。

他到任伊始便深入基层调查研究，迅速确定了自己施政的主要目标，那便是办公学以宣教化。这是一项软性的工程，投入大，耗时长，见效慢，多半会费力不讨好，聪明的政客一般不会主动去揽这一类的事情，而更愿意去做立竿见影的政绩工程。但文翁却将眼光放得更为长远，因为在调研的过程中，他发现，此地民众虽生活富足，受教育的程度却很低，正如《汉书》中所记载的："蜀地僻陋有蛮夷风。"这里像是尚未开化的地区，大多数普通百姓都"不晓文字"，对礼乐更是一窍不通。照理说，既已"仓廪实"，便应"知礼仪"，但蜀地的情况恰恰相反。文翁觉得这个问题相当严重，物质文明与精神文明必须两手都要抓，且两手都要硬，必须引进先进的中原文化，此间民众才能突破这"四塞之地"的局限，开阔眼界与胸怀，让文化濡养灵魂，使精神更为丰润。

从这个意义上讲，我以为文翁比李冰的境界更高，历史贡献也相当突出。他是主动地、真心诚意地为蜀地百姓思谋福祉，这样的官员自古稀缺。蜀地百姓何其幸运，不仅受荫于李冰，又幸逢此君，便享万世之大福也。

文翁并非就地提拔的干部，他是安徽人，因宦游而入蜀，官至太守。太守相当于现在的省长，那时没有书记一职，他便是蜀郡的一把手。"文翁"是人们对他的尊称，他姓文，字仲翁，自幼好学，乃精通典籍的饱学之士。据说他从长安入蜀赴任的时候，随身携带的物品中书籍最多，装了好几大车。那时造纸术尚未发明，文字是刻在竹简上的，很占地方，所以人们常用"学富五车"这个词来形容一个人很有学问。

文翁知道知识与文化修养的重要性，故而下大力以兴教化。上任不久，他便在附近州县的下级官员中选拔了一批"开敏有材者"到郡治所在地成都接受集中强化培训。他还亲自任教，目的是将这些官员送到京城长安的太学里进一步深造，让他们学成之后回到蜀中担任相应的职务，以帮助他完成"教育兴川"的大业。

第一批受训并赴京"留学"的学员共计十余人，他们都很幸运，到太学后受到了当朝许多大儒的亲自指导，并得以研读大量儒家经典及律令，均学有所成。回到蜀郡之后，文翁又给他们提供了许多在官府实习的机会。文翁希望他们不只是纯粹的学者，更要成为具有执政能力的复合型人才。因此，在审理案件和处理日常政务的时候，他会让这些"重点培养对象"坐在一旁观摩，偶尔也让他们上手操作一番。有时，他到基层调研也会带上他们，让他们树立脚踏实地的工作作风。出行的时候，一大群学子簇拥着他，总是显得非常高调，甚至有招摇过市之嫌，常常引来百姓的围观。但文翁此举并非因为虚荣，而是旨在造成声势，让人们知道读书不仅是一件令人羡慕的事情，还能够改变命运。同时，这也是一次"送文化下乡"的公益活动。这一系列的举措为文翁下一步在蜀中兴办公学做好了人员及舆论的准备。

文翁之所以决定自办公学，是因为他发现将学员送京深造的做法虽确能培养优秀人才，但速度太慢，远远跟不上大兴教育对人才的需求。而且，这种方式成本太高，学费、路费和生活费等是一笔巨大的开支,给地方财政造成了很大的压力。为此他大力开源、拼命节流,首先是大幅压缩行政开支,还带头勒紧裤带省钱,降低官员的生活标准。民间还留传着这样的故事,说为了和京城太学里的老师搞好关系,使他们在教学过程中不至于"留一手",文翁从行政经费中抽出一部分购买蜀刀、布料等蜀地土特产品作为礼物送给他们。为了兴学,文翁真是煞费苦心哪。

同时,文翁还发现,朝廷所办的太学,职能是培养少数精英人士,县乡私塾则多培养识文断字的普通学子,且需有一定的财力才能入读。也就是说,在太学与私塾之间存在着一个教育的真空地带,因为郡及以下行政区域均未设置教育机构。

而他要解决的是如何普及大众教育的急迫问题,让出身贫寒而"开敏有材者"都能接受应有的教育。他认为人才是第一生产力,培养人才应该是一种公益行为,因为人才最终多为国家所用,这就不仅是个人的事了。所以政府拨专款兴办公学乃分内之事,决不能用以敛财,故不搞产业化,更不计GDP。

经过精心筹划,他选址城南临河的一处树木葱茏、环境清幽的地方建起了一所公立中学,即"文学精舍",后来被称为"文翁石室"。据说"石室"是学堂里的藏书楼,因由石块垒成而得名。东汉时学堂在一场大火中化为了灰烬,唯余石室,后又得以重建。元、明、清几代学校亦屡遭损毁,又屡毁屡建,两千多年来文脉传承,绵绵不绝,实在令人感慨又感动。

这是中国第一所地方官办学堂,也是世界上最古老的官办学校。它为寒门学子打开了入仕晋升、实现自身价值的通道，建立起为国家培养人才的教育机制。它从建成以来就像成都这座城市一样不曾迁址，我们今天看到的成都四中，也就是著名的石室中学，就建在当年"文翁精舍"的旧址之上。

遥想当年，学堂建成，招生消息不胫而走，邻近县乡的平民子弟纷纷背起褡裢前往应试。入学后，每位学子吃住免费，官府又免除了其家庭的徭役，毕业后成绩优异者还能到官府中任职。这样一来，被认为有蛮夷之风的蜀郡学习风气日渐浓郁，生源愈广，人才更丰。而从京城归来的学子大多还被作为"种子选手"安排到学校任教，大才子司马相如也曾受聘执教于该校。此事史籍有载，曰"文翁倡其教，相如为之师"。不仅如此，文翁还兼任学校的校长，并坚持亲自为学生授课。

如此一来，蜀地崇文重教之风渐渐形成，正所谓"巴蜀好文雅，文翁之化也"。所以《汉书》将文翁列在了西汉循吏的首位。所谓循吏，就是好官，虽级别未必很高，但清正廉洁、功绩突出、造福百姓，深受人们的景仰。

在文翁兴学之前，蜀地几乎没有出现过具有全国影响力的文人学士，而兴学之后此地则变成了"学习型社会"，越来越多的人以读书求学为荣，崇文好学之风堪比齐鲁。蜀地人才辈出，光汉代就产生了王褒、扬雄和司马相如这样的文学大家。此后历代，出自蜀郡的优秀人才更是难以计数，他们成为蜀地经济文化发展的巨大推动力。

文翁蜀中兴学近二十年之后，这套教育模式、人才培养及选拔机制基本成型，并卓有成效。这事被汇报到了汉武帝那里，他对此很有兴趣，并引发了诸多联想。在详细了解了相关情况之后，一个宏大的构想开始在他心中酝酿。他认为文翁的兴教模式经过多年的"试点"已被证明相当成熟，可以在全国范围内大力推广。

以往，朝廷选拔人才是通过统治阶级内部成员的举荐而实现的，而文翁的做法则打通了从民间选拔人才的通道。后来，从汉代开始实行的科举制便是从这一做法衍生而来的。从此，平民子弟有了仕进的渠道，所谓"朝为田舍郎，暮登天子堂"便是最好的写照。在人才选拔上破除身份的限制，这是在长达数千年的封建社会中，中国一直领先于其他各国的一个重要原因。

前些年我在撰写《中国绘画史》的时候，对四川地区出土的汉代画像石和画像砖进行了较长时间的研究，其中一块名为"西汉成都文翁石室授经讲学图"的画像砖引起了我的兴趣。以前有人不相信文翁会亲自给学生授课，而这块画像砖则无可辩驳地证明了这一史实。

实在难以想象，作为省长，文翁日理万机，却能坚守在教学第一线。我心里更生出一分对他的敬意来，于是将此图的拓片装裱之后挂在了我书房的东墙上。

亦庄亦谐大慈寺

远客来蓉作三五日的盘桓，大多会请我充任临时导游。如若对方不指定特别想去的景点，我就一定会首先领他们去大慈寺逛上一圈。

许多外地观光客来成都之前一般会在网上搜一搜，便会发现一大串网红打卡地，但大慈寺多半不在此列。即便事先列入游玩计划，可碰巧时间不足，最先被舍弃的也多半会是这大慈寺了。想来也不奇怪，别说外地游客了，就是多数成都人也不觉得那里有什么值得一逛的，不过是座破庙而已。

其实当初我对它的态度也是如此。20世纪90年代中期，我初来成都，工作单位距大慈寺不远，我多次经过，却从未想过要进去看看。那时我正忙于生计，在俗世里浮沉，哪有闲工夫关心佛事呢？直到有一天某报副刊的一位编辑向我约稿，便相约在大慈寺门口见面，才有了与它的第一次接触。

他领我入寺，我这才知道这里早已不再有佛事活动了。这寺庙不大，许多殿宇大门紧闭，整体显得有些萧索。一问才知道，此处竟然是成都市博物馆的所在地。我在寺里转了一圈，发现有一个露天茶馆，面积并不大，能摆下十来张桌子，是一处喝茶休闲的好地方。

此后我便常去寺里喝茶会友。此处地段甚佳，在市区中心稍偏东一点的位置上，临近著名的春熙路商圈和红星路步行街。许多省市新闻和文化单位也集中于附近的区域，来此泡茶馆的便多是这个圈子里的人。就在这里，我结识了不少的朋友，其中，就有每天都出现在茶馆里的作家肖平。

肖平不是来喝茶的，而是卖茶。他同时兼具多个身份，首先是在此办公的市博物馆的馆员——大概是向馆里承包了这个茶馆，便做了几年的小老板。那时他还兼任某报副刊的编辑，圈子里的人大多和他相熟。经常有朋友约聚的时候，常会习惯性地说："走，切（去）肖平那儿喝茶！"

我对大慈寺的兴趣，便是由肖平勾引起来的。有一次我随口问了他一句，大慈寺是什么时候建的？他懒懒地仰在竹椅上，不咸不淡地说："大概魏晋时期就有了。唐、宋两朝已经非常兴盛，是四川最大的佛寺，香火很旺，占地有一千多亩，相当于小半个成都城，但现在只是当时的一个零头了。"

我相当吃惊，没想到这个不起眼的寺庙曾经那么辉煌。我那时和肖平不太熟，不好意思多问，怕显得过于无知，便回家闷头做起了功课，找了许多有关大慈寺的书籍来啃。我后来对成都的历史文化有了那么一点点的了解，便是从研读大慈寺的历史开始的。

那时的大慈寺看上去很有些落寞，就像一个蹲在街角晒太阳的街坊大爷，不问身世谁也猜不到他曾是功勋卓著的骁勇战将。

一开始，大慈寺的规模也与普通寺庙无异，它迎来极盛，是因了历史进程的一次猛然转弯，这个转弯所产生的巨大惯性与一个微小的偶然相撞，便发出了炫目的光焰。

那是755年，安史兵燹，长安大乱，震波及处，帝国将倾，大唐的强盛与骄傲碎落一地。唐玄宗带着惊恐与羞辱仓皇西逃，避祸四川，颠沛途中，又痛失爱妃，到达成都休养多日之后，才勉强有了精神上街闲走。这时，他看见许多与他一样逃难而来的中原百姓，食不果腹、满脸绝望，心中顿时泛起一阵酸楚。

玄宗在成都滞留近两年，其间，心绪郁然、百无聊赖。据说有一天他前往大慈寺礼佛，祈愿佛祖保佑江山不废、和平早归。他来到大慈寺门前，见僧人正在施粥，饥民排起的长队一眼望不到尽头。那一瞬间，他感慨万端，心里或许还生出了一丝难得的怜悯与愧疚。他的子民正在遭受战乱之苦，他多少是有些责任的。之前，他已经在蜀郡府衙门前做了公开检讨，承认自己存在领导不力、用人失察等错误，给自己下了"罪己诏"，算是给天下一个交代了。虽然这份自我检讨大有避重就轻、自我开脱之嫌，但到底还是放下架子认了个错。而此刻，寺僧却以悲悯仁爱之心替他安抚着万千难民的伤痛。我猜想，那场景一定让玄宗深受触动，更意识到宗教抚慰人心、济困扬善的强大力量。

后来，战乱平息，他以太上皇的身份重返长安，每念及此事便感慨丛生，遂特批土地一千亩，并亲题"敕建大圣慈寺"六字，或许还动用了中央财政资金给予支持，可能又要求地方政府拨了些专款，再发动信众"随喜"了一点碎银……总之，财力相当雄厚，大慈寺遂得以大规模扩建。

几年之后，新寺落成，院落凡九十六座之多，有大殿、法堂、楼阁、厅舍、亭台等数以万计，还供有佛像一千余尊，比原寺规模大了数十倍。寺内殿宇森严，绿树环绕，气象不凡。有记载说，寺内每座宏伟大殿的墙面上都绘有大型的壁画，共计百幅以上，均系名家手笔，其中就有唐画第一人吴道子的真迹十幅。而其他名家的画作、墨宝更是无以计数。后人记述说，要论唐画真品哪里最多，自非成都莫属，而成都唐画最集中的地方便是这大慈寺了。不仅如此，还有各种多不胜数的珍贵藏品陈列其间。

自扩建以来，大慈寺香火极盛，引得佛教发源国印度的高僧也艳羡不已，赞其为"震旦第一丛林"（震旦为古印度对中国的称谓）。自然就吸引了各地高僧大德和无数名人大咖纷至沓来。

民间传说，远在玄宗扩建之前，玄奘大师就在大慈寺剃度出家，并在此修行达五年之久。他深研佛教经典，成为学养深厚的一代高僧，或许那西天取经的宏愿便是同雄伟大殿中的袅袅香雾一起浮上心头的。

后来，杜甫也曾来过这里。不过，他第一次来却是作为难民挤在寺前受粥和等待救济的人群当中。他好不容易讨到一碗薄粥，才不至于饿毙于途。随后，他将妻儿安顿在寺内暂歇，凭着刚刚补充的那点碳水化合物提供的微弱能量，才蹒跚地走到了那位严姓朋友的府上请求帮助。之后，他才有了可以安身的草堂，写出了那些光耀千秋的诗章。

此后，著名画僧贯休和尚也从江南辗转入蜀，得到了蜀王的特别倚重，并被封为"禅月大师"。他曾入住大慈寺参禅，有诗作《蜀王入大慈寺听讲》和画作《十八罗汉图》等传于后世。

宋代，大画家文同来到寺内潜心学画，多年之后，其墨竹图妙笔天成。文学家晁补之送给他的一句赞词，后来被浓缩成了一个著名的成语，那便是"胸有成竹"。

另外，北宋的苏轼、南宋的陆游两位大文豪也都曾参学至此，留下了许多珍贵的诗、书、画佳品……

唐、宋两朝，大慈寺都是西南地区乃至全国的宗教中心。它不仅规模宏大、佛事兴盛，而且个性鲜明。一般来讲，佛门净土，都严禁摆摊设点、吵嚷喧哗，但大慈寺全无此类禁忌。它从不借宗教的圣光驱赶俗世的烟火，并以平和包融之心接纳一切。如此历月经年，大慈寺一带便逐渐发展成为热闹的商业街区，一时繁华无两。

唐代，大慈寺不仅允许人们在寺院周边开展商业、民俗等活动，还在寺内特辟"世俗专区"，且有店铺出租，供商贾经营。同时设有专门的厅室满足人们饮宴、欢聚之需。于是，达官贵人及文人雅士便常常光顾，留下无数的诗词书画佳作。

至宋，寺院周边蚕市、花市、药市、灯市、麻市、扇市、木器市场、珠宝市场等一应俱全，可谓百业兴旺。同时，庙会、花会、祭祠等群众性游乐与敬神活动，以及体育竞赛与杂艺表演也热闹红火。其中，很大一部分还由官方主导，地方官员高车华服，隆重出席，与民同乐，氛围欢乐祥和。每逢此类活动，总是万人空巷，人们沉醉其中，常常乐而忘返。

这真是极为少见的景象。敢于不拒尘扰，说明寺僧对自身定力极有信心，也可看作佛祖对自己的考验，或者是一种自我挑战，索性就来个大隐隐于市吧！你酒肉美色笑又闹，我青灯黄卷守寂寥；任你繁华尽享，我自心如止水。宗教与世俗竟能相融于一体，亦庄亦谐毫无违和之感，洋溢着世俗的欢愉气息。这实在是一种难以言传的奇妙。

总之，数百年来大慈寺及其周边区域都是成都宗教、文化、商业、游乐的中心与地标，它在人们的精神和物质生活中扮演着重要的角色。明宣德十年，即1435年，大慈寺毁于一场大火，虽在四十年之后得以重建，但规模已是大不如前了。

到明末崇祯年间，古寺又遭劫难。某一日，张献忠的农民军攻克成都城，明朝官军节节败退，而大慈寺的护寺武僧却主动承担起了护城的重任。他们奋起反击，穷追不舍，直到数里之外、现在的猛追湾一带，见农民军丢盔卸甲、一路逃窜，他们才停住了脚步。

我第一次听到猛追湾这个地名的时候颇觉奇特，直觉这背后必有一段不寻常的故事。后来翻阅史籍，发现这地名果然与大慈寺的历史有所勾联，不禁莞尔。有历史的城市就是这样，有无数的故事可以挖掘、可以咀嚼。

大慈寺武僧护城，追匪寇至猛追湾一带，但故事尚未完结。为了报复武僧，不久之后，张献忠蓄积力量卷土重来，将大慈寺付之一炬。据说大火烧了几天几夜，火光将黑夜照得如同白昼，大寺最终是片瓦不存。

现在的大慈寺为清康熙年间重建，规模远逊于从前，仅占地四十余亩。那些年我常去喝茶的时候，它已完全失去了寺庙的功能，往昔的繁华也早已随风而逝，显出令人心痛的破败与寥落。

但绵延一千六百多年的文脉并未断绝，它深埋在这片汪润的泥土中默默等待，终于逢到了一个懂它的时代。几年前大慈寺片区的历史文化发掘重塑工程使它面貌一新，并恢复了佛事活动，香火又重新缭绕在殿宇堂舍的梁柱之间，周边也开发成了现代化的商业街区，这便是成都又一个全新的地标——太古里。

与唐宋极盛时期相似，大慈寺的宗教气氛与世俗烟火气息交融在一起，这种接纳与包容创造出和谐安适的氛围，像极了成都这座城市的性格。

所以我总会带着外地朋友去那里游逛。在我看来，到成都不逛大慈寺就像到了巴黎不看卢浮宫一样。不仅要逛，还要在大慈寺里喝喝茶，去太古里购购物。穿梭于幽寂与繁华之间，忽有穿越时空隧道的恍惚之感，那是一种极为奇妙的体验。

我常想，必须得适应这样的时空切换，才可能在历史与现实间自如地游走，才能参与到这座历史文化名城的血液循环之中。

谜一般的三星堆

今年春上，川西平坝的花儿开得奇艳，我正盘算着寻一地赏他一赏，正巧吴凌兄邀我去广汉，说陌上花已开，问君何时来？

广汉距成都市区大约五十公里，我便悠悠缓缓地驾车北去，车头劈开浓酽的春色与和暖的空气，一路北去。此时，收音机里央广新闻开始了"三星堆考古新发现"特别节目的直播，我便临时改变了主意，放弃赏花的计划，转而去三星堆考古现场一探。

吴凌兄很是"来事"，带我自后门进了发掘现场，但不能靠近，只能远望。他有些歉意，我忙说没有关系，我对考古一窍不通，就算零距离接触也看不出个子丑寅卯，远观是一种致敬，近看则往往是亵玩。去现场只是想感受一下新翻的历史土层中散发出的远古气息。

近一百年前的某一天，一位名叫燕青保的广汉农民一锄头挖下去，惊醒了沉睡的岁月。那把锄头竟成为改写历史的巨笔，将巴蜀文明前推至五千多年之前。

一直以来，我们都认为华夏文明发源于中原，并向四周辐射，但三星堆考古发掘成果却告诉人们，上古时期中华大地上同时存在着多个文明中心，如群星璀璨，却互无交集，独自幽芳，先秦之后才为中原文化所浸淫。

所以，三星堆的发现意义重大，可谓"沉睡数千年，一醒惊天下"，被誉为人类考古史上的一次重大发现，堪称世界第九大奇迹。在被发现近半个世纪之后的1986年，三星堆考古又获得了重大突破，发掘出两个大型祭祀坑，著名的青铜大立人像和青铜面像等文物出土见光，惊艳了世界。

而这次的发掘又有了更大的收获，共发掘出六个祭祀坑，出土文物达五百余件。这些文物中有黄金面具残片、鸟形金饰片、金箔、青铜面具、青铜神树、黄金权杖、象牙、玉琮、顶尊人像以及丝绸等珍贵器物和饰品。其中黄金面具是上次两个祭祀坑里不曾发现的饰物。

2001年，著名的金沙遗址在成都城西被发掘，太阳神鸟金箔在黑暗中沉睡数千年之后终于在阳光的辉映下发出奇异的光芒。此次三星堆出土的黄金面具，其年代与工艺成就都与金沙遗址出土的金箔相近，厚度竟然只有0.2毫米，薄如蝉翼，令人惊叹。古蜀先民在五千至三千年前的遥远年代便已掌握了如此高超的黄金加工技艺，实在不可思议。同时，他们还掌握了青铜合成技术，并创造出无与伦比的青铜艺术作品。

人们熟悉的三星堆青铜大立人像、青铜人面像和青铜神树便是其中艺术成就最高的珍品。我第一次去三星堆见到那些青铜作品的时候，不禁全身微颤，它们散发着难以言喻的迷人光泽，沉浑、温润、沧桑。当它们从岁月深处的黑暗中被发掘出来、沐浴在现代和煦阳光和人们惊诧目光中的时候，有一种不知所措的隔世之羞与窘迫。青铜以一种斑驳、陈旧的氧化铜的色泽向人们诉说着千年的孤独。当我们小心翼翼地拭去那些附着其上的岁月斑痕与尘埃的时候，便依稀见到了那个遥远时代的容颜。

无论是黄金面具、青铜器物，还是其他珍品，在让我惊讶于其高绝技艺的同时，也令我们疑窦丛生。考古学家研究了近百年，许多谜题依然无解，甚至发掘的器物越多，疑惑反而越深。

三星堆，确实留下了无数难解的谜团，其中一些太过烧脑，甚至可能成为千古之谜……

我们知道，最早掌握黄金加工技艺，并达到超绝水准的是中亚古国，此技术后传入欧洲。而这一技艺被埃及人发挥到了极致，金匠用牛皮或羊皮包裹住金片，再以重锤反复击打，最终使金片变成薄如纸片的金箔。而令人疑惑的是，相距千里之遥、深处东方盆地的蜀地先民又是如何掌握这门技艺的呢？

在中国其他文明遗迹中，我们还未曾发现过类似的金箔，而西方则较为常见。我曾在欧洲许多博物馆中频见金箔和以金箔制作的各种饰品，其中最有名的莫过于收藏在雅典国立考古博物馆的"阿伽门农的黄金面具"。另外,三星堆出土的权杖也与埃及法老的权杖极为相似,还刻有精美的纹饰。这不禁让人产生了深深的疑惑和联想,难道三星堆文明与这些古老文明之间存在着某种神秘的关联?

三星堆出土的青铜器与中原文明遗迹中的青铜制品也大为不同。中国的青铜原料是从铅矿中提炼出来的,含有金属锌的成分,为铅锌伴生物。而唯有三星堆的青铜器中检测不出任何锌元素,这令人相当费解。有专家推测,要么其原料来自海外,要么三星堆人已经掌握了去除锌成分的提纯工艺。但我们知道,在那个年代,只有两河流域的人们才具有那样的能力。而从风格上看,三星堆的青铜人像造型也十分奇特,大鼻、长耳、纵目、高颧、阔唇(且还是三层),完全没有华夏民族的人种特征,反倒酷似西人的长相。难道三星堆人是来自异域的外族吗?

于是有专家认为,南方丝绸之路早在汉武帝开西南夷之前若干年便已形成,三星堆人很有可能就是通过这条出海通道与西亚及欧洲各国发生联系的,所以不排除有外族血统融入的可能。更有专家认为,那时四大文明古国之间保持着频繁的经贸往来和文化交流,三星堆文明就是这种交流碰撞出的绚烂火花。而以三星堆为代表的古蜀文明便是当时华夏文明的核心区域,因为三星堆遗迹的规模和所呈现出的文明程度堪与殷墟媲美,甚至有过之而无不及。

那问题便来了,我不明白为什么三星堆古蜀先民不与中原民族相往来呢？李白诗中的"尔来四万八千岁，不与秦塞通人烟"大概即指此事。更令人难以理解的是，他们为何要舍近求远，与西方各国发生交往呢？

甚至还有专家认为，这群蜀地先民不但与中原华夏民族毫无关系，甚至就是来自外星的智慧生物，否则难以解释为何在一个山川重阻的四塞之地，会产生如此高度发达的文明，其程度甚至可与当时最先进的文明比肩。再看那些奇特的青铜人面像造型，不是与我们想象中的外星人极为相似吗？

但反对的声音也非常有力量。有专家诘问，那些青铜人面像造型就一定是三星堆人的模样吗？难道就不可以是他们想象中神的形象？传说中"千里眼、顺风耳"的古蜀王蚕丛的形象不就与之十分接近吗？我也曾经设想过，这些形象如若不是现实中人物的再现，那他们的艺术想象力就实在太过惊人了。

各据其理，观念对撞，这便提供了令人眼花缭乱的各种可能，然而，却又留下了许多不能逻辑自恰的明显破绽。于是，我等吃瓜群众的大脑细胞也被烧死了好一大片。

紧接着，更多难以解释的现象一个个摆上了桌面。

一个被人们普遍关注的问题是，在古蜀文明时期四川地区有大象生活吗？如果没有，遗址中巨量的象牙又是从何而来呢？四川盆地在远古时期是被海水覆盖的大洋吗？倘若不是，为什么又会发现那么多的海贝呢？

考古学家还发现，三星堆遗址中的几段城墙年代差距极大，跨越了长达一千五百年的时间。这说明至少在这一千五百年间，古城一直是有人居住的，所以才有不同时期修筑的城墙残迹。有专家认为，古城曾多次毁于战争和洪水，而战争和洪水必然会导至死亡，即便和平时期也会有正常的亡故，但遗址中没有发现人类的骨骸，只有一些动物的骨渣。这又是一个难以解释的现象。

更为烧脑的是，这支古蜀先民为何在此生活数千年，并创造辉煌文明之后，突然消失得无影无踪呢？真是"死不见尸、活不见人"呐！他们遭遇了什么？又都去了哪里？他们就像生活在墨西哥南部的玛雅人和奥尔梅克人一样，突然走失在历史的迷雾之中。

有考古发掘证实，他们由于难以确知的原因弃城而去，随后便在成都城西建造了金沙古城。两城之间的确存在着一种传续关系，但为什么后来金沙古城又被废弃，这支神秘部族终是不知所踪呢？这又为后人留下了一个巨大的悬念，生活在三星堆和金沙的神秘部族是成都人的祖先吗？如果不是，成都人又是从何而来的呢？

更为令人不解的是，如此发达的文明竟然没有留下任何文字的记录，这便造成了以上诸多疑问的长期无解。是否三星堆人根本就没有文字？那他们又是以什么方式来交流和记事的呢？

也有专家相信，三星堆人是有文字的，此次出土的权杖上的金箔纹饰便是他们独特的"图语"，只是一时无人能够解读罢了。同时，他们也不像中原民族那样将文字镂刻在兽骨上、铸在青铜器上，以求千年不朽。而三星堆人很可能习惯于将文字书写在易损的物品上，比如丝绸。此次新发现的祭祀坑中便出土了丝绸残片，但上面是否书写有文字，尚待考古研究的进一步证实。

三星堆人缄默不语，不曾给世界留下还原他们生活的确凿证据，以及探究其神秘消失的任何线索。他们扔下大量的礼器，然后转身而去。而那些耗掉他们大量时间、精力、金钱和才华的精美艺术品，以及象牙、玉器、石器等珍贵器物，却又被他们故意损毁和焚烧之后埋入深坑。

他们为什么要这样做呢？有人说，他们这是在向神灵献祭，因为上古人类有着燔祭的传统。燔祭就是将祭礼焚烧，以毁物为祭。古人相信，焚烧所产生的烟雾会将他们的虔诚与心愿捎去天庭，让神灵知晓，以祈求神的护佑，也有可能是祈求神灵见证某一重大事件，比如，封禅。封禅乃古代帝王祭天祭地的盛大庆典，往往伴有权力的和平交接，比如新主继位，便需昭告天下，且得到神灵的庇佑。

还有一种假设，三星堆祭祀坑里的器物被损毁、焚烧是因为遭遇了战争或武装政变。试想，曾有那么一天，三星堆古蜀王国的城墙突然被强大的外族军队攻破，敌兵洪水般涌入。一场血腥杀戮之后，获胜方首领即令部下将王宫和祠宇中的礼器统统砸毁，将象牙、丝绸等贵重物品付之一炬，然后挖坑掩埋。

那为什么战胜者在大获全胜之后还要大肆破坏呢？也许，他们早就对三星堆人的富裕生活羡慕嫉妒恨了，并图谋夺取，现虽已得手，却不解其恨，他们要夺其国、诛其人，还要毁其物——特别要毁掉那些用于祭祀的礼器，因为必须从精神上割除他们的信仰，才能彻底征服他们的内心。历史上这样的事件曾一再重演，我们所熟知的便有明末清初张献忠剿四川，其杀人夺权之后还要毁掉城池；秦末项羽攻陷咸阳，纵火"烧秦宫室，火三月不灭"……

谜一般的三星堆，真是让人费尽思量也难得其解。返回成都的路上，我一直在想，不管历史的真相如何，我都希望当初三星堆人不曾遭受外族的屠虐，也不曾因王室内部的权斗而流血。那些祭祀坑中的器物只是他们献祭神灵或实现权力和平交接时的祭礼，更祈望今天的世界获得真正的文明与和平，不再有血腥的灭国屠城与残酷的诛族夺印。

宽窄巷子的前世今生

当宽窄巷子被成都人视为"城市会客厅"的时候，我脑子有点犯晕了。没想到就那么拆旧建新地一通捣鼓，几条冷街陋巷就呼啦啦窜红，一跃而成了城市的新地标。这在我过往的经验中是全无先例的，甚至有些魔幻的感觉。

但它真的就有那么牛掰。首先是成功地吸引了本地市民，都赶趟似的去凑热闹。见过它旧时模样的人大多欣喜得眼珠放光，忍不住要发出"丑小鸭变白天鹅"之类的赞叹。媒体的赞词更是成串儿论斤地送，诸如"涅槃重生""脱胎换骨""华丽转身""焕然一新"，它已然成为了旧城改造的成功范例。

宽窄巷子开街之后，我也去凑过几次热闹，还在那里开过新书签售会。友朋相聚也曾约到那里，吃饭喝酒、品茶听戏，确也颇有些味道。它的这个转身实在称得上华丽，完全看不出原来的模样了，曾经破旧幽寂的老巷忽然勃发出第二春来，摇身一变竟成了繁华的商业街，或者叫作"可以摸到历史脉搏的休闲文化风景区"。

近些年来它名声更隆，渐渐地，外地人来蓉也大多会到此打卡。这便使它终年人流不绝，日日热闹红火，大大地抢了春熙路和盐市口等传统商圈的风头，其地位就好比是京城的王府井、沪上的南京路以及金陵的夫子庙。

既然称得上是"城市会客厅"，来了外地客人，成都人多半也会选择在那里接待。按多数人的理解，这里"相当的成都"，像是一个成都生活的大超市，各种元素齐全，可一站式体验成都的市井风情。于是，便带了客人来此悠悠闲闲地踱上几个来回，肚子稍有点"松活"的时候，来两三样小吃；腰腿刚有点酸软的当口，寻个露天茶铺坐下，品一品盖碗；到了饭点，选一家火锅店或者环境、菜品俱佳的川菜馆，感受舌尖上的欢愉；酒足饭饱之后，剔牙挺肚迈方步，再侧进一家戏园子，听一听悠悠的蜀地古韵……

这么一来，无论是本地人还是外乡客便在不知不觉间认同了开发商的一个文创定位，将它视作"一条民俗文化的风情走廊"，仿佛过去住在此地的人家，甚至老成都的人们就是这么过日子的，这里是成都滋润生活之正宗。但这实在是一个大大的误会，事实上现今的宽窄巷子，风貌与功能与昔年里全然是两个样子。

20世纪90年代中期，我来成都的时候它还保持着原初的模样。巷子里老墙、门头和檐瓦一水儿的深灰，斑驳颓圮，如布满老年斑的沧桑面容。乍一看，在四周高楼的俯逼下，它显出无处躲藏的羞怯与萎缩。借用梁平兄写重庆绵花街的一句诗来形容，那暗然的长巷就像是"清末遗留的一条长辫"。

这个比喻相当精准且传神，那"长辫"灰黑细长，而且真的就是清末的遗迹，曾是八旗军队住地的一个区域。从康熙年间开始，清廷调集大军平定西北准噶尔叛乱，前后历康、雍、乾三帝，持续七十余年方告终结。在此过程中，一支数千人的满蒙军队于康熙年间因换防而撤至成都，并奉命永久驻留，意在镇守西南、威震西北，大约相当于现在成都军区的职能。

宽窄巷子位于老城区中心偏西一点的位置，也就是古代少城的区域之内。少城右接太城，太城为过去官府所在地，类似于帝京的紫禁城，而少城则为繁华的生活街区。

于是，官府特地在少城划出一块地来辟为屯军之所。史书上说"草建城楼以居"，回想那时我所见到的宽窄巷子，确实显得"草"了一些，并不精致，更无豪门大户的气势，据说是下级军官和普通兵丁的住所，当然就比较接近于普通民居了。但于风格上讲，它又异于川西民居，更接近于老北京胡同的风味儿。想来逻辑上是顺溜的，八旗军队兴建兵营，自然会把皇城的民居样式复制过来，而且也采用了"胡同"这样的称谓，好像当时就叫"兵丁胡同"。后来到了民国，"胡同"才被改为四川人习惯的

"巷子"。由于兵丁多为满人,少城也便有了另外一个名字,叫作"满城"。

宽窄巷子就是满城中"部队大院"里的几个街区,但又与普通街区有所不同,它是军事重地,巷口日夜都有兵士把守,自然"闲人免进"。所以,这里一直都是闹中取静的幽冷街道,全无今日的热闹景象。

宽窄巷子是两条平行的街巷——宽巷子和窄巷子的合称,因这两条巷子一宽一窄,故而得名。其实,除了宽巷子和窄巷子,旁边还有一条与之平行的"井巷子",它是因为有一口水井而得名的。不过,人们为了叫起来顺口,就把那井巷子给省略掉了。

第一次去那里的时候,它还保持着原初的模样,我瞬间就被它的古早气息所吸引。从巷口进去,便感觉完全是另一番天地,忽地嗅到一丝岁月的淡淡霉菌味儿,有一种在旧时与新岁间穿行的奇妙错觉。

我是在一个黄昏辗转寻到那里的。彼时,血色残阳正挂在巷子西头的屋檐上,将稀疏的树木与行人以及孤傲的屋宇拉出长长的黑影,光滑的街石则泛着刺眼的白光,我忽然感到有一种苍凉的意味和无可名状的孤寂在心中漫散。

那晚,我去巷子里寻一位从自贡老家来的朋友,他是被省电视台邀请来修改剧本的一位作家。他住在一个叫"小观园"的老院子里闭门创作。那院子应该是当时官阶稍高一些的军官的宅邸，是个很有风味的私家园林。我去那天他已经一个多月没见过人了，寂寞孤独冷，便急呼我过去陪他吃酒、吹牛，一解愁闷。那是我第一次知道在市中心竟然有这么一处在大拆大建中幸存下来的老旧街区。

第二次去宽窄巷子是在它被拆除的前两年。那时我在做一个"城市记忆"的系列电视专题，第一个选题便是宽窄巷子。我带着摄制组在那里拍了整整三天，还查阅了大量的资料，对它的前世今生有了更深的了解，而且结识了巷子里的许多住户——恺庐的主人那木尔羊角、开茶铺的宋仲文、小脚老太孙刘氏、面点师傅于胖子……

可以说，我对宽窄巷子的了解和喜爱比许多人都更深一些，同时，我也是较早意识到其历史文化价值的人之一，但我却无法改变它被拆除的命运。而在那些可以决定它命运的人眼里，它并不是价值连城的文物，而只是一块特殊的具有商业开发价值的地皮。

果然，宽窄巷子改造工程作为相当成功的文创项目，受到了各方高赞。开发商和经营户因此赚了个盆满钵满；城市也增添了新的景点；政府更喜获政绩工程，可谓各得其所、皆大欢喜。但我心里却深感失落，如今的宽窄巷子只是徒有其名而已，它所携带的历史信息连同那些旧日子的味道都已随风而逝，被从历史中彻底抹掉了——我们的古迹大多是被人们以保护的名义毁掉的，今后我们只能在古籍里认识历史，而无法从古迹中感知过去了。

不过，如若不从古迹保护的角度去看待，改造工程无疑是成功的，几条破巷因此而"脱胎换骨"，实现了"华丽转身"。平心而论，在整体设计与局部打造上工程方还是颇下了一番功夫的，投资也可谓大手笔，品位亦着实不低，经营模式更算得上相当的成功。本地人来此吃吃喝喝，外地客到此游游逛逛，把这巷子里的景象当作成都生活的滋味来品尝，也未尝不可。

但每当我想起它来，心里总有些隐隐作痛。我常常无由地想念它从前的样子；想念它"老井翠竹映青莲，青砖小瓦生碧烟"的古典意味；想念它灰墙颓坏、石板参差的沧桑容颜；想念小贩的吆喝和树上知了的鸣叫，想念它质朴的气质里流溢出的天然与纯真……这些才是烟火人家最真实的生活原味儿，才是老成都真正的市井风情。

川西林盘

那天，快到村口的时候，遥见瞿老立在那株大榕树下向我招手，他银色的长发和须髯在风中轻舞。

上个月他便邀我来参观他在乡下老院子里打造的新画室，但我却杂务缠身，到今日方才排脱干净。瞿老见了我，欢喜如稚子，拉我室内室外、房前屋后地转悠。还别说，这农家小院经他大写意式的一番拾掇，竟兼容了质朴与文雅的气质，蜕升为一方艺术的空间。

瞿老生于乡间，长于老宅之中，晚岁回归田园成了他最后的一桩心愿。年前，他便租下这院农房，经数月辛苦改造，终于实现了乡居梦想，将身心安放在了这万顷绿畴之中。

瞿老虽是念旧之人，却也十分新潮，卜居乡村之后竟玩起无人机来。我和他在画室里一边品茶，一边欣赏他的航拍视频——那是初夏的清晨，朝阳刚刚探出天际线，绿波浩渺生寒烟，这平坦的沃野竟有一种壮美的气势。忽想起前人的句子来："远近林盘似绿岛，万顷嘉禾如海洋。"

我这才意识到，瞿老所居之处便是被称为"川西林盘"的农家院落。自高空俯瞰，万顷稻禾犹如碧波，那一座座林盘就像是浮在碧波之上的翠绿小岛。这便是川西平原一道特有的田园风景。

要说平原地区的农家聚落，各地皆有，但可称为"林盘"的唯有四川盆地，而最为典型的又尽在这川西一域，因而这里被称为"川西林盘"。所谓林盘，乃此间漫长历史中逐渐形成的自然村落。"林"即林木，"盘"指地盘。小的林盘聚三五户而共居，大的则有十几户、几十户不等。林盘与林盘之间，一般相隔一二里或是三五里的距离。

早年曾读川籍著名作家李劼人先生的小说《死水微澜》，其中一段描写林盘的文字让我印象深刻："每个农庄，都是被常绿树与各种竹子蓊翳着，隔不多远便是一大丛，假使你从天空看下去，真像小孩们游戏时所摆的似有秩序似无秩序的子儿。若在春夏，便是万顷绿波中的苍螺小岛，或是外国花园中花坛间的盆景。"

鸟瞰确如此景。但细细想来，并非是房屋周围种上了竹树，而是房屋就建在浓密的绿林与无垠的稻禾之中。林盘人家就像悠闲的牧童，平躺在草地之上，吹着口哨晒太阳，半眯眼睛看云天，而四周的庄稼则是他们放牧的牛羊。

若走近些看，那林盘中的农舍多为白墙青瓦的川西民居，轻灵、简朴、重实用、轻装饰；正堂坐于中，厢房依两侧，另有灶房及圈舍建于左右或屋后；中间是一块方正的平地，称为"晒坝"，主要用于摊晒粮食。如此，便形成一个马蹄形的半围合空间，当然也有部分农家筑墙造门，形成独院。

"修竹连千亩，高楠径十围。"每次在林盘中穿行，我脑子里就会撞进清人王士祯的这两句诗来。农舍四围大多种有桑竹、乔木之属，密密层层、浓阴掩翳，成为农舍与周围环境之间的一个写意式的空间隔断，也是户与户之间一个心照不宣的属地分界。

除去植物，还有一些构成林盘的必备元素。一般而言，林盘里，农家门前都有一洼清水，倒映天光，为风水之设，也可饲养鱼鸭；房前屋后清流潺潺，终年不竭，浸润着稻菽与农人的日子；林盘人家多以宗亲血缘为纽带，聚族而居，常以姓氏命名其居所，著名的徐家林盘、陈家桅杆和赵家院子便是最典型的川西林盘。

林盘是川西农村特有的人居形态，但并非某位高人突发奇想的天才设计，而是农人适应自然环境的智慧积淀。川西平原自李冰治水之后，便成为天府宝地。那一江清流分作数支，如叶脉般伸展，均匀地分布于平原沃野之上。人们随便择一地块建起林盘，都处在毛细血管般密布的水网之中。每一座林盘都有清流环绕，总是波光潋滟。我所见过的平原没有哪一个有如此丰沛的水源，并受到如此温柔的浸润。

自然条件这般优越，便宜于农桑、适合人居，无须过多改造，因地制宜、顺势而为即合天意。千百年来，此地农人晴耕雨读、烟火度日，摸索出"林盘"这样一种与大自然和谐共生的居住方式。早在古蜀文明时期，这种格局便已初步形成。至明末清初，蜀地频遭战乱，又遇张献忠血腥屠城，致"十室九空"、田地荒芜。后清廷推行"湖广填四川"移民政策，方使蜀地重现生机。

移民的落籍给传统的居住方式带来了一些改变，那便是强化了"松散组合"的形式。他们往往以家庭或家族为单位组团入川，也特别需要抱团生存和发展，因而最常见的情况是，同宗族成员共建一座林盘一起生活，而另一宗族成员则会在不远处聚族而居。于是户与户或林盘与林盘之间，便相隔着数块田地的距离，因而林盘形成了明显的"点式"分布格局，"散居"成为一大明显的特征。人们既不愿靠得太近，又要便于相互照应，一箭之遥大约就是最恰到好处的距离。

当年杜甫结庐浣花溪畔，也曾于茅屋周围广植松竹桃李等植物，同样是清流绕宅，门前亦有晒坝和水塘，其实就是一座典型的川西林盘。而现在我们总是将林盘看作农房，将杜甫的草堂误认为"雅舍"，总觉得两者的意韵相去天壤。而事实上，它们都是普通的民居，是川西农家的林盘居所。

在杜甫的诗里，林盘是一种别样的存在，即使茅屋漏雨也诗意飞扬，而在当今飞速发展的时代，林盘却遭到了极大的破坏。我依稀记得十年前一个官方的统计数据，那时川西林盘仅余不足两万座，现今必定是更少了许多。而林盘最多的时候竟有十四万座。

十多年前,借着汶川地震灾后重建的契机,"集中居住"新模式被大力推广,林盘的噩运忽从天降。想那历史上多少次的天灾与人祸都不能割断这传统的筋脉,而如今千百年来自然形成的居住方式却有被一举瓦解的危险,此等情形触发了吾兄广岚君的忧虑,他曾作旧体一首慨而叹之,诗曰:

世代农耕百万家,如今已不种桑麻。
水泥覆盖川西坝,何处春游看菜花。

此时,一位建筑师也痛心疾首,奔走呼号,极力宣扬以保护川西林盘为目的的灾后重建理念,并设计出多套具体的建筑方案。他认为,川西林盘是被此地农家千百年生产生活实践所证实的最优人居方式,是不可再生的文化遗产。他的设计理念和方案遂获得联合国全球人居环境规划设计大奖。

他便是我的好友刘卫兵先生。在他和一大批有识之士的呼吁与推动之下,林盘保护受到了政府的高度重视,川西林盘迅速消失的势头方才逐渐得到了遏制。

川西林盘不仅能满足农家日常的生产生活之需,更有一番令人心醉的美感。每一座林盘的房舍四周都遍种竹树,绿影婆娑,环境优美,还可做生产生活的基础资源。竹木可修房造屋,还可做成生活用品,如竹椅、竹榻、竹筷、竹刷、背篓、扁担、蒸笼、凉席和斗笠等；春笋破土，可尝时鲜，余物又可担去集市售卖；木材可打家具，可做柴薪；而竹林更成为动物的乐园，鸡鸭鹅群于其间栖息啄食，猫狗鸟雀在林中嬉戏吠鸣，一派祥和恬适的乡村风情。

门前的堰塘往往养些鱼虾莲藕，可听蛙鸣如鼓，可看鸭起涟漪。田地就在屋舍四周，便于照应与管理。满眼也尽是画意诗情——春有菜花夏青绿，秋来谷黄翻麦浪。更有清渠绕宅而流，可实现自流灌溉；劳作归来还可以濯足洗面、清洁农具，亦可漂衣淘菜，极为便利。

那院子里的晒坝，除了摊晒谷物，也可做生产、休闲之用。农忙时节打谷收种，农闲则可吃茶闲吹、做些手工。另外，摘菜、杀鸡、打麻将也全是在这院坝里进行。

自家产的粮油、土货和手工物件，用不完的可拿去几里外的集市交易，换些酒肉酱醋回来。顺便在镇上听一场戏、喝一会儿茶，再跟老熟人摆摆龙门阵。傍晚，心满意足地荷担而归，挑一肩绯红的落霞。此时，鸟雀归林，一片叽喳。偶尔土狗互吠，又起几声蛙鸣。远远看去，炊烟袅袅入林，进得屋里，灶堂柴火噼啪，饭菜的香气弥漫整个屋宇……

没有了林盘，这样的乡村生活将不复存在，农人也将无以为生。好在各方的呼吁与不断努力使林盘得到了有效的保护和恢复，一些林盘还被打造成为特色民宿，成为乡村旅游的新宠。

当然，也有一些城里人像瞿老那样将林盘打造成艺术空间。

那天,去瞿老的画室做客,才知道他也是林盘保护的积极推手。瞿老来乡下租住农家小院,不光是为了实现乡居梦想,更是一种现身说法,他要告诉人们,破旧的老宅并非时代的弃儿,而是可堪打扮的美人胚子。他和刘卫兵先生一样,频发图文阐释保护林盘对保护自然生态和留住传统文脉的重要意义。他还勤于笔墨,展示林盘之美,并将画作无偿赠人,以宣其志愿,企望留住乡愁。

那日与瞿老作别,临行前他挥毫作淡彩写意一幅赠我,题"瞿公林盘晚景",并书杜甫《卜居》诗句于上,以抒胸臆:

浣花流水水西头,主人为卜林塘幽。
已知出郭少尘事,更有澄江销客愁。
无数蜻蜓齐上下,一双鸂鶒对沉浮。
东行万里堪乘兴,须向山阴上小舟。

山居乐事

展纸作此小文,笔尖触到纸面的瞬间,这个标题就像四粒晶莹的水珠顺了笔管轻轻滑落。

但我随即犹疑起来,这不是我多年前一篇散文的标题吗?怎么竟然重复起自己来了!可右思右想,还是觉得只有它最贴近于我要表达的这个主题,因为一说到山居那些事儿,我就总是无比的快乐,那便横竖也绕不开"山居乐事"这四个字了。

我这是第二次写自己的山居生活。第一次是大约三十年前,那时我住在老家自贡的一座山里,那座山的一侧是热闹的市区,另一侧则是幽静的乡村。我居于山巅,便能面朝远处的繁华,背倚无边的清寂,淡定而欣然地支付了十年如山色般葱茏的青春。

再读当年描写山居生活的文字,我心中热流滚动。在那篇文章里,我详尽地描述了四季的景致,以及我与山里人家的纯真友情,还有无数快乐的瞬间。但我有很长时间无法解释自己为何那么年轻却那么喜欢安静,并近乎隐居一般地远离人群,甚至与世无争到了如同一尊石佛。

来蓉十多年之后，我又住进了山里，在青城山、西岭雪山与鹤鸣山之间不断地游走。我这才慢慢意识到，我这么做完全是不自觉的行为，见了山就想立即靠过去。第一次躲进山里的时候我只有18岁，完全不像激情澎湃的少年，倒极似看破世情的老叟。那时，我坚信自己就是一棵树，必须长在山里才能枝繁叶茂。这大抵就是陶渊明所说的"少不适俗韵，性本爱丘山"吧。确实，这是骨子里的东西，与生俱来，终生难改。

至于别人以为的清寂与孤独，于我是全然没有的，我甚至还喜作短章一组，名曰《甜蜜的孤独》，满篇洋溢着欢悦，并寄给当地报纸刊发，权作答友人之书，告诉他们我山居的美意和孤独的甜蜜。

回想当年，我深居幽林读书、冥想，徘徊于山月之下，优游于茂林之间，以草木鸟兽为伴，与山村野叟为伍，有难以言传的自在和自得，安享着神仙般的逍遥与快活。

而我并非出家或隐居的高士，不过是自寻清幽的凡人，只想与俗世保持适当的距离。我能够自如地游走于红尘与幽境、现实与梦幻之间，像一只翩然低飞的青鸟，擦过现实的水面，又迅即遁入幽深的丛林。回想起来，那是我最接近理想的一段岁月，每个日子都是那么的清凉而又闪亮。

我在山中蛰伏了十年，当我觉得可以拂去岚烟扎入红尘的时候，我的学识和人生经验已足够应付这个光怪陆离的世界了。但这一急转意不在求取功名，而是充分地体验这人世的丰富与坚硬。

来成都谋事，于俗世中沉浮，知世道之苍凉，叹人心之不古，感生活之多艰，悯苍生之不易。十多年之后，我带着轻微的疼痛和丰厚的经历回归山林，再次与大自然相拥，忽有一种游子归家的感觉。

其实，那些年即便是在尘世之中，我与现实世界的关系依然是若即若离的。我在闹市中建起了一座具有中国古典园林意味的花园，名曰"花影楼"，并将多数的日子安放其间。自古以来，性好山水的俗世中人，因对真山真水的怀想而于市井中建造园林，虽属无奈之举，但这人工的山水倒也别有洞天。园林艺术之最高境界乃"虽由人做，宛自天开"，居于园中便恍若置身自然山水之间，因而园林也被中国古人称为"城市山林"。

这十多年间，我一多半时间都躲在这"城市山林"之中，并未完全地"入世"。当初的所谓"出山"，只不过是换了个角度更近距离地冷眼观世而已。我内心依然是恋着自然山水的，也同样爱着这"城市山林"。我二十出头就对中国古典园林产生了浓厚的兴趣，并做过一番深入的研究，还遍访天下名园，这使我对山水的理解和热爱上升到了更高的维度。

我也对避居山林的许多同类产生了好奇，想探知他们远离红尘的动因。于是，我走访了国内数十位避居山林的隐者，出版了一部名为《出离》的纪实文学作品。在此过程中，我渐渐明白，这世间并非只有我才是出离红尘的异类，性本爱丘山的人属于一个特殊的族群，他们素好清幽，不惹红尘，对人世保持着天然的警觉。此时我似乎找到了自己生命的源头与归属,便加深了自我认同。遂自夸一句,"智者乐水,仁者乐山"者也。

犹记某年的盛夏,我应画家张剑兄之邀,一同前往青城后山拜望隐居的画家乐林先生。他深居人迹罕至的蜀盘谷中读书、作画已有多年。其间,他居则粗衣粝食,出则竹杖芒鞋,如山民般简朴,有道家之仙风。他久居山林中,自在又逍遥,时常物我两忘之,其山庄遂被他命名为"两忘"。

于此小住二日,似又续上了我中断多年的山居之梦,心里便又蠢蠢欲动。我知道,回归山林的日子当是不会太远了,而这青城幽地也必将是我安放灵肉的琼阁仙山。

越二年,我果真住进了山里。山居的日子颇似王维隐于辋川时的情形。那时他已绝意于仕宦,不断地自我边缘,以冗员之身,享悠闲之乐。他整日游山玩水、写诗作画,好不惬意。渐渐地,他的身影已然与山色融为了一体,灵魂也如山岚般飘浮于幽谷深涧。

山居的日子里,我的心境也是同样的恬适。我把自己从尘世错综的藤蔓中摘了出来,一步跨出三界之外。悠然中,我又回归了文学,有一搭没一搭地写些散章与闲句。

不曾料,此时多年前出版的一部小书《花影楼随笔》给我带来了一位难得的知己。这部自说自话、极其小众的文集沿着它命运的轨迹一路辗转漂泊到了作家何洁的手里。她读后颇感意外,无法想象一个总在电视上露面的公众人物却有着隐士般的内心,何种人格才能做出反差如此之大的事情！于是，她四处寻我，问遍成都文艺圈，竟然"查无此人"。

又过数月，她调动各方关系终于联络到我，才知道我竟与她同居一山。我们都是青城烟霞客，居所相距不过十数公里，便慨叹起缘分的神奇。

20世纪80年代，她曾活跃于文坛，且名噪一时，后弃绝繁华，退隐林泉，并开始静心修禅。年近七旬，她又自学建筑，于外山普照寺旁建起"青峰书院"，便又居此读书、写作与清修，更兼做文化的公益传播。当我叩响山门，拜望于她的时候，我们一见如故，更惺惺相惜，遂结为忘年之交。

我回归山林，却未曾绝迹于市尘，又如同少年时代，于尘世与幽境之间自如地穿行。欣欣然内心丰盈，浑不觉时光荏苒，倏忽又是十年。

我时常觉得这川西坝真是得了上天眷顾的宝地，平畴万顷、富庶繁华。而成都筑城于此，相距仅五六十公里的地方便有林密幽深的大山，可以让疲困焦虑的人们有一个逃遁的去处。而青城山素以"幽"而闻名，这"幽"既是自然环境的清幽，更因道教的传播而成为了人们心中的清凉世界，使人一入山中身心便立即安静熨帖起来。

而说到道教与青城山的关系，人们多有误解。因道教起源于四川，人们便以为其发源地是大名鼎鼎的青城山。而事实上，青城山是道教开始传播并走向兴盛的地方，道教真正的源头在距此四五十公里外的鹤鸣山中。

鹤鸣山我也极爱,数次踏访仍兴味盎然。那里有许多与道教相关的故事和实物可供凭吊和玩味。许多典籍里说,鹤鸣山因形似展翅欲飞的仙鹤而得名,但我却没能一下子就看出来,我没有上帝和鹰的视角,或者也是"只缘身在此山中"吧。而典籍里还有另一个比喻,说那漫山的苍松翠柏像是玄鹤身上的羽毛,这倒相当贴切生动,而且触目可感。

东汉时,沛国丰邑人张道陵晚年入蜀,因爱鹤鸣山清幽之境而隐于其中参禅悟道。据说他学问高深、"博通五经",年轻时入京城"长游于太学",多少还是有些功名心的。但后来不知受了什么精神刺激或是顿悟了何种道理,突然转身入幽林,奉老子哲学为圭臬,并深研数载,最终创立了道教。他还将自己多年修炼的实践、心得与方法进行归纳总结,著成了我国最早的一部道教经典《道法》。此后,作为中国本土最具影响力的宗教,道教首先在蜀地传播开来。

道教兴盛之后,历代都有教徒千里迢迢来此山中寻宗问祖、修道炼丹。名气最大的有三位,那便是五代的杜光庭、北宋的陈抟和明代的张三丰。他们的故事经历代演绎,已经传得很玄,基本上成了天马行空的神话。听着玩玩是可以的,我从不深究,不过恰是因了这道教的背景,鹤鸣山就真的与其他的山有那么一点不同了。它有着可供细嚼玩味的文化内涵,便能让人内心更加沉静,更能深领山水的精神,或许这就叫"山不在高,有仙则灵"

吧。反正我相信，山是有灵性的神奇之地。

我第一次去鹤鸣山就住了三天。那时正值隆冬时节，山中草木犹自苍然，溪水潺潺溲溲。刚行至半山，就听农家传讯，说后山下起了微雪。这情形忽让我忆起北宋画家文同的诗句来，诗曰"忽闻人报后山雪，更上上清宫上看"。我疾步而上，在上清宫的位置饱赏了这暖国难得的雪景，这或许和文同所见的画面相同吧。这情景、这诗意，真是美得无法言说了，便只得于心中独自欣悦。

自从鹤鸣山名播九州之后，除了道士和信教俗民络绎进山，喜好游山玩水的诗人也纷至沓来，他们留下的诗句让这座仙气袅袅的名山又增添了几许光色和美感。

遥想那一年，唐代诗人唐求送友人前往邛州，二人策马踏青缓行，自山下经过时不禁抬头仰望。既已到了这著名的仙山，岂能不去拜谒游玩！于是他们将马匹放到荒地上吃草，然后沿石径拾级而上。到古寺门口，见一旁立着块石碑，字迹已经有些模糊了，需凑近才能勉强看清，便很是费了些时间和眼力。觉得有些乏了，他们又决定随地小憩，想起随身带着酒壶，就盘腿坐在梅树下悠然地对饮起来。

不一会儿，一阵微寒的山风吹来，天将落雨，二人就此作别。唐求在《送友人归邛州》一诗中便记述了这段风雅的经历。在诗的最后两句，他说："莫忘分襟处，梅花扑酒尊。"风过林梢，如雪飘落，有几瓣掉进了酒杯，两人会心而笑，遂仰头将那杯

"梅花酒"干掉，然后互道珍重，拱手而别。

早年我读到这两句诗的时候，被那美感电到了，心里微微战栗。后来，每到鹤鸣山中，我都会随便寻一块草地，假想那就是当年唐求与友人饮酒作别的地方，心中又会狠狠地美上一回。

后来陆游也来此游山。他对山居生活非常向往，说真希望"一生留此弄寒泉"，简直就不想走了。明代的张三丰进山修炼时也留下了许多诗作，其中两句我记忆犹深："逍遥廿四神仙洞，石鹤欣然啸且飞。"

这是他心情的写照，也触动了几百年后我的心绪。确实，在这神仙居住的地方，我也总感觉自己像那仙鹤一样，快乐得都像要飞起来了。

关键时刻能"雄起"

不同地域的人性格多少会有些差异。在人们的认知里，一般来说东北人性情豪爽、耿直，显得敞亮，但有些粗枝大叶，细腻不足；上海人温婉、优雅，却太过算计，又似乎精明有余；成都人乐观包容、懂得享受，却又性情疲沓，缺乏血性。

说成都人缺点血性和阳刚，参照对象总是隔壁的重庆仔儿。说起来川渝本是一家，但两地人的性格差异却很大。重庆人明显火暴得多，像火锅一样麻辣。最著名的一个段子是这样的：两个成都男人发生口角，你一句我一句地互怼，一开始都扬言要"抖"对方，但十多分钟之后谁也没有动手，气焰也明显消退了，声音越来越小，两人靠得越来越近，在不明就里的人看来，二位爷简直像是在互诉衷肠。而重庆仔儿的节奏就要快捷得多，没工夫磨嘴皮子，几句话不对头就直接上拳脚，还没听到扯皮斗嘴呢，架已经打完了。

这虽然有点夸张，但基本就是那么回事了。若据此判断，当然觉得成都人性格儴软了，正如俗语所说："成都伙子嘴巴狡，重庆仔儿砣子硬。"四川话里"狡"是巧舌如簧、能言善辩的意思，表示嘴劲儿了得；而"砣子"则是指拳头。

从大面上讲，人们对成都人的看法是没错的。近代诗人吴芳吉还曾有诗云"蜀女甜于酒，蜀士软如绵"。他甚至觉得四川男人软绵绵的，缺了些雄风。这一棍子打下去，成都男人便集体中招。但我觉得这多少还是有些偏颇的，只看到些表象，或者是外地人对成都人浮光掠影的印象，或仅仅是听人随口讲起而已。事实未必就是如此。

成都人并非没有脾气，而是极有修养。他们一般不会轻易动粗，有了矛盾吵几句发泄发泄，消消气也就算了，何必上拳脚呢？打烂坛坛罐罐，锤得个鼻青脸肿，伤人伤财又伤心，可问题并没得到解决，反倒会让冲突升级，成都人不会只图一时之快而去干这样的傻事。这就像两国交战只是寻求政治解决的努力失败之后的无奈之举。成都人懂得这个道理，他们磨嘴皮子实际上是一种谈判，是试图用政治手段解决争端的尝试，实为一种非常理智和文明的行为。

但这种行为却被许多人误读了，竟落得个儴软的印象。事实上成都人并不怕事，也颇有些血性，历代文献都对此有所记载，称此地民众尚武、刚勇，却又非野蛮凶悍之徒，他们知礼仪、有教养，文武兼备、刚柔相济。唐代有位诗人名叫卢求，曾作《成都记》，他在序言中说，此地江山秀丽、物阜民丰，娱乐业和手工业非常发达,所以"仓廪实而知礼仪",人们的整体素质较高,并称赞说"其人勇且让",就是说成都人勇猛而又懂得礼让。

有人会说,那是古代的事了,近现代的成都人已经退了钢火,特别是男人,甚至还有那么一点"娘"。我还是不同意这种说法。成都人专心过安逸日子,遇到纷争不想小题大做,懂得隐忍,对日常生活中的小摩擦一笑而过,得饶人处且饶人,和一和稀泥,抹个"包包散"拉倒。但在大是大非的问题上成都人却是寸步不让,有原则、不妥协,显出刚毅雄健的一面来。而且成都人面临重大问题时能够抱团,万众一心,共克时艰。最能体现成都人这一性格特质的事件莫过于1911年爆发于成都的"保路运动"。

保路运动爆发的原因当然与路有关了,那是一条从成都通往武汉的铁路,即川汉铁路。那时清政府为了打通蜀道,促进四川盆地与中原地区的经济文化交流,决定以"官办官修"的方式筑建此路。但投资甚巨,只好向民间筹款,将官办的"国企"改制为"官设民办"的"川汉铁路公司",并以行政手段强行向百姓募股。四川是农业大省,官府便打起了农民的主意,不仅强制农民交纳田租,还要交纳一笔附加税。同时,由于官府大力宣传,也有一些官绅和市民自愿认购了股份。

一通强制加忽悠,老百姓都以为自己成了股东,巴望着能够得到分红。但清政府此时因偿还庚子赔款及所欠西方列强的巨额贷款，深陷债务危机，只好耍起了赖皮，又设法将公司收归国有，却只向投资者发放股票，不退现款。同时还将路权抵押给英、美、法、德四国银行财团，以举借600万英镑的外债。

政府公开出卖铁路路权的行径彻底激怒了四川股民，他们知道自己的美梦已经破灭，且血本无归，于是走上街头发泄愤怒，并展开声势浩大的维权行动。后来同病相怜的股民团结起来，成立了"保路同志会"等组织进行集会抗争，要求收回路权，并拒交粮税。

形势急剧恶化，四川总督赵尔丰慌忙调集兵力镇压示威民众，诱捕"保路同志会"的领袖，并对民众大开杀戒，造成死伤数百，史称"成都血案"。随后，成都及周边市县民众同时罢市、罢课，几天之内十数万人聚集，包围了成都府。至此，保路风潮迅速席卷全川，原本和平的维权运动升级为一场武装起义，川中一时大乱，正所谓"天下已定蜀未定，天下未乱蜀先乱"。

成都人的脾气上来了，随便哪个，概不"认黄"。这时，清廷着了慌，赶紧从武汉调兵"入川平乱"，但这一举动直接造成了武汉的兵力布防空虚。此时，革命党人在武昌发动武装起义，并获得成功，各省相继宣告独立，大清帝国的巨厦瞬间倒塌，而保路运动正是最先倒下的那块多米诺骨牌。

所以说，成都人关键时刻是完全能够"雄起"的。套用某大人物的一句话说："成都人民已经组织起来了，是惹不得的，如果惹翻了是不好办的。"

后来日本鬼子犯我中华，全国人民奋起反击，四川人也被彻底惹毛了。于是，包括成都人在内的三百多万川军将士热血澎湃，毅然北上抗日，为抗战胜利做出了巨大牺牲。抗战期间，川军共伤亡64万，为全国抗日军队总伤亡人数之最，参战人数也是最多的，而成都人在其中占比较高，阵亡的4名将官中就有3名是成都人。他们是王铭章、李家钰和许国璋。

成都人从来就没怕过事，惹毛了更不怕死。成都人的胆子平时是如猫爪般深藏不露，关健时刻则敢于亮出令人胆寒的尖利。谁能想到写出怨词《钗头凤》的陆游，也是抗金战场上的一名骁将？谁能想到"凄凄惨惨戚戚"的李清照也能喊出"生当做人杰，死亦为鬼雄"的豪言？人的性格往往不只一面，当沉睡的刚烈撞上无法回避的强悍，便会引发强烈的核裂变。

今天，成都人民公园内还矗立着"辛亥秋保路死事纪念碑"和"川军抗日阵亡将士纪念碑"，以纪念成都历史上这两件可歌可泣的大事件。它们像两帧书签，将最能代表成都人性格另一面的重大史实从浩瀚的史料中标记出来，让人随时可以返回那雄浑悲壮的历史现场。

每次到人民公园我都会去看看那两座纪念碑，当年的场景便会浮现在眼前。想那时，参加保路运动的人们就曾聚集在这里，汇成不可遏制的历史巨浪；抗日川军的出征仪式也是在此地举行，人们怀着敬仰与豪情从各地赶来，为那些热血将士壮行。

我常来瞻仰这两座纪念碑，倒不是觉得这有多么的主旋律和正能量，而是想提醒自己，关键时刻荷尔蒙一定得跟上，不能丢失了成都人的浩然雄风和曾经的荣光。

替代铁钱有纸券

每年春季我都要去山坳里陈老伯家买些当季的蜂蜜。我特别偏爱他家的桐花蜜，今年我一次就买了整整10斤。付钱的时候，我掏出手机来扫码，陈老伯深吸两口叶子烟，呵呵地笑几声，说，"你们城里的那些'新板眼儿'，我咋个要得转啰？"

我这才想起来，他是从来不用手机的，每次都是收的现金。去年，我身上都还揣着些零票，今年就彻底不用了，电子支付似乎已经取代了纸币。

陈老伯性子爽直，说不急不急，哪天得空了走到我这里，再给也不迟。我谢过陈老伯出门往回走，借着山月的微光，在曲折的山道上缓行，忽然觉得这山中与城里真如两个世界。山中日月长啊，节奏是要慢上好几拍的，这崇山峻岭都在竭力地阻挡着某些潮流的入侵。

就说这网络支付吧，城里都已经全面普及了，山里人却觉得陌生，而且极不真实。不过，面对此类汹涌而来的新浪潮，我也像个山里人似的，心中总存有些许的疑虑。我承认，它是更为方便的，但又总觉得好像什么地方不大对劲。我大概是个有些守旧的人，总觉得手持钱币心里才更踏实，手书尺素比发个短信更具意趣，慢时光比快节奏更有滋味，思念比见面更具深意。但时代的跃进却是不会与人商议的，潮流的力量作为个体实在难以抵抗。

想那一千年前的北宋，纸币就毫不留情地取代了铁钱。可巧，这事就发生在成都，纸币的诞生地又恰在我家附近。我每日从那里经过，自是知道有关它的一些历史。纸币当时被唤作"交子"，中国第一张交子就发行于当时成都的"金融一条街"——"交子街"，可后来年深日久，竟讹传为"椒子街"了。

北宋开国，举政务朝纲，经济大振，富庶的成都更是百业兴旺，在几条繁华的商业街上，人们熙来攘往，俨然一派"清明上河图"的景象。远道而来的客商也是络绎不绝，他们来成都主要是采购一些蜀地的特产，如蜀锦、楮纸、茶叶、漆器等，都是非常行销的货品。

这一天，一位来自汉中的商人看上了一款质地优良的素绢，立即将驮在马背上的几大麻袋铁钱倒将出来，向绢铺掌柜的当面清点。数完八大麻袋的铁钱竟耗掉了他大半个时辰，而近八百斤重的铁钱却只能买到八匹素绢，这让他很是郁闷。他不缺本钱，但却只能带这么多了，铁钱实在太重，再加上他的体重，已经超过了那匹壮年公马荷载能力的极限。他还要在崎岖的蜀道上行走数百公里，其艰辛自不必说，要是遇上劫匪更可能财命不保。他叹了口气，向绢铺掌柜的抱怨开来，说跑这么一趟却没多大的赚头，经商可真是个苦命的活儿啊。又说这是谁的馊主意，用铁来铸币，就不能用轻一点的东西吗？

他的失望和那番抱怨的话，让绢铺掌柜的心里咯噔一下。可不是吗？若钱币没那么沉，他就可以带上更多，买卖双方就会获得更大的利益。而人和马却不会那么辛苦，行路的速度也会更快一些。

晚上，那掌柜的躺在床上辗转难眠，直觉告诉他，这当中一定藏着某种玄机，一旦破解，那一连串棘手的问题将迎刃而解，而且还可能开辟一条生财之道。天麻麻亮的时候，一个灵感如银狐般闪过他的脑际，他忽然脑洞大开，心想，若发行一种纸币以代替铁钱流通，那一连串的问题不就全都解决了吗？

但许多细节他还没有想清楚，便翻身起床，找街对过茶叶店老板商量去了。两个人一边喝茶一边抠着脑袋，半天过去了还是没能想出好的主意。于是二人决定，把平时要好的十几个生意伙伴叫到一起，集思广益。

连续数日，他们闭门商议，不同观点激烈交锋，各种新奇思路碰出火花。最终他们达成了共识，构建起一套理论上基本可行的经营模式，那就是，大家合资开设实力雄厚的钱庄发行纸币，或者各自店铺单独发行，让前来进货的客商将铁钱存入钱庄或商铺，钱庄或商铺在纸币上填写相应的数额，交与客商到市场上进行交易，待交易完成，纸币又可以兑换回铁钱。这套流程无疑省去了交易过程中的诸多麻烦，因此提供此项服务的钱庄和商铺可以向客商收取百分之三的保管费，也可以看作一种利息。

紧接着，这些商户就将这一经营模式付诸实践了，那条街上很快便有几户商家陆续开展起这项业务来。这便是最早的"交子铺"。而这时的交子还算不得真正的纸币，只能算是一种存款凭证，叫作"交子券"，也可视为纸币的前身。接下来便要看这种全新的经营模式是否为客商所接受了。

一开始，客商确实心存疑虑，担心存进去的钱凭一张纸是否能够取得出来，万一交子被人伪造，铁钱被人冒领，或者遇到黑心商家卷款跑路，那可如何是好？

但还是有不少客商凭借着与那些商铺长期合作建立起来的信任，大胆地进行了尝试，果然证明了这是一项互利双赢的买卖。于是，这种交易方式逐渐得到了人们的认同，并迅速流行开来，极大地促进了经贸的繁荣。

交子在流通过程中虽也发生过诸如商家恶意跑路、因动用客户存款投资失败致客商不能及时兑现等现象，引发了不少讼案，但这一行业经过市场自身的调整逐渐得以规范，且发行权后来又被收归国有，更具有信誉保障，最终完全替代了金属货币而在全国范围内流通，当时被称为"官交子"。

在成都民间商业活动中萌芽的交子，后来演变成了中国最早的纸币，同时也是世界上最早的纸币。而欧洲人要在五六百年之后，才因受到中国纸币的启发于1661年发行了自己的纸币。

我在脑子里捋了一遍从铁钱到纸币的过程，忽然理解了网络支付何以摧枯拉朽式地推翻了纸币。这也许又是一股不可阻挡的汹涌潮流，至少在当今的中国，现状就是如此。但我还是不能确定这是否具有从铁钱到交子的那种革命性的意义。我总是有些担心，你买根葱、购瓶醋都会留下痕迹，所有的消费行为均被暗处的一双眼睛紧盯着，简直就像是在裸奔。而且也不能再体会领取薪津时数票子的快感了，也不能像孔乙己那样"排"出几文大钱，叫伙计"温两碗酒，要一碟茴香豆"了……

我无法确定网络支付是否将成为未来人类主流的支付方式，它或许只是一次昙花一现的尝试……我脑子有些混乱了，到家的时候许多思绪依然如乱麻一般搅和在一起，剪不断，理还乱，便索性置之一边不去管它了。

我取出一个勺子，舀了半勺陈老伯的蜂蜜送进嘴里，一股带着山野花香的纯净甘甜在舌尖化开，瞬间身心都有一种迷醉。我顺手在小纸片上记下购买蜂蜜的金额，怕时间一长、事情一多给忘了，那样将如何对得起陈老伯的一番信任呢？

绯闻男女

我发现一个有趣的现象，某件事情发生在现实生活中的时候，臭不可闻、令人不齿，可一旦被放进文艺作品，立马就会变得合情合理，甚至大放光芒。比如某些偷偷摸摸的婚外恋情和大张旗鼓的为爱私奔。

最著名的婚外情故事当数《安娜·卡列尼娜》中的安娜出轨渥伦斯基了。此外，人们耳熟能详的还有《廊桥遗梦》中的家庭主妇弗朗西斯卡出轨摄影师罗伯特·金凯，《泰坦尼克号》里的露丝出轨杰克，甚至还打算相携私奔。

私奔的故事自古有之，红拂夜奔、西施和范蠡、司马相如与卓文君，等等。这后者的私奔壮举就发生在我的身边，只不过是在两千多年以前了。而这两千多年的时光将这则著名的爱情故事浸染成了一抹浪漫的桃红。

或许，现实生活太过平淡，我们也被生活碾压得太久，需要来一次没有风险的精神出轨，或者说顺势搭一次文艺作品的便车，到别人的故事里去体验一把轰轰烈烈的爱情。这便是自古至今这类八卦故事盛行不衰的原因。

司马相如与卓文君一奔惊天下、万古传佳话,人们都感动于他们为爱而不顾一切的勇气。但这惊世骇俗的壮举是要付出代价的,为了生计,他们不得不筹钱开酒店,文君还亲自卖酒,相如也不顾身份,当众清洗杯盘碗盏。此即史籍中"文君当垆,相如涤器"的著名典故。

但故事至此却戛然而止。美好的传说故事大多没有后来,总是定格在那最闪亮的瞬间。人们总是相信"后来王子和公主就幸福地生活在了一起"。但在真实的历史中,相如与文君的故事还长出了许多旁逸的侧枝。

话说风流才子相如与痴心迷妹文君眉目传情、私定终身之后,便暴露出了其"渣男"的一面。那位故事里敢爱、懂爱、真爱的痴情美男忽然变成了可憎的负心汉。故事来了个180°大反转——相如发达之后,一位名叫丘采玉的茂陵美女倾心于他,并费尽心机地投怀送抱。相如非圣贤,不比柳下惠,一时将与文君的海誓山盟忘之脑后,犯起了多数男人都常犯的花心病来,劈腿于新欢,还想将"小三"扶上正位。

中国古代官绅士族纳几个小妾原属稀松平常之事,但相如对文君海枯石烂的一番誓约曾成就了一段佳话,可他却回头干下这等背信弃义之事,实在就有些说不过去了。而文君闻知相如移情,顿时肝胆俱裂。但她稳住情绪,不哭不闹不上吊,依然满面浮笑意、洗手做羹汤。她想挽救与相如的这段旷世奇恋,令他回

心转意。于是她轻拭酸泪,手托香腮,构思了一首诉说衷肠的乐府小诗,名曰《白头吟》。随后,她凭窗细研墨,黑泪洒素绢:

> 皑如山上雪,皎若云间月。
> 闻君有两意,故来相决绝。
> 今日斗酒会,明旦沟水头。
> 躞蹀御沟上,沟水东西流。
> 凄凄复凄凄,嫁娶不须啼。
> 愿得一心人,白头不相离。
> 竹竿何嫋嫋,鱼尾何簁簁。
> 男儿重意气,何用钱刀为。

这件事情史料有所记载,并非狗仔队的故意抹黑,李白的《白头吟》一诗也可看作对这一糗事的有力旁证。诗曰:

> 相如作赋得黄金,丈夫好新多异心。
> 一朝将聘茂陵女,文君因赠白头吟。

后来,文君又另作一首《诀别书》,意思与《白头吟》相近,所表达的都是这种伤而不悲、依恋又决绝的情感。大意是,原本以为我今生能偿宿愿,与君相守白头,永远不离不弃,但既然你这么快就忘却了当初的盟约,移情别恋,小姐姐我也绝不会撒泼打滚赖着你，我们就此别过吧，祝你幸福啊！

不仅敢于私奔，还敢于诀别，这文君姐姐倒颇有些烈女的强硬画风。她不愿哭哭啼啼、可怜兮兮，以委屈隐忍而求全，她必须捍卫作为独立女性的人格和尊严。她是在封建专制制度下最早获得灵魂解放的女性之一，是人格、才华与智慧都极其丰满的稀世奇女。

读罢文君诗作，相如羞愧难当，果决地与丘采玉斩断了情缘，灵肉遂复归于文君。一段千古奇恋险些出轨翻车，让人吓出一身冷汗。幸有文君机智应对，才得以峰回路转。所谓才女者，文君是也。后来，善良的史官都有意地淡化了这段插曲，人们也小心地绕开，尽量避免提及，这才使一段爱情佳话逃过了碎裂的结局。

再说那相如，也真是一位才情横溢的奇男子，堪称集出轨与私奔于一身的千古"骚人"，成为史上最富盛名的桃色男主。这就活该他那绝世的文才和超凡的经世雄略被热炒的八卦所掩盖。

说到文才，相如在文学史上的地位与另一位姓司马的大咖旗鼓相当，那便是声名赫赫的太史公马迁大人。司马迁善文，相如则善赋，此二人分坐这两种文体的头把交椅。相如不仅留下了《子虚赋》《上林赋》和《长门赋》等千古名篇，被誉为"赋圣"，还贡献了"子虚乌有"等我们耳熟能详的成语。他弹奏《凤求凰》"勾引"文君时所用的"绿绮"琴也成了古琴的代称。另外，他和文君还在成都留下了古琴台、文君井、私奔码头和驷马桥等多处供后人凭吊的遗迹。

说到他的仕宦雄志,也是豪气冲天。遥想当年,意气风发的相如北上京城求取功名,路过北门升仙桥,跃身下马,于桥柱上写下"不乘赤车驷马,不过汝下也"一句豪言,表示不混出个人样来就绝不回返,可谓破釜沉舟。果然,数年之后,他衣锦还乡,作为汉武帝的"特使",他带着重大使命而来。那一日,高车驷马卷起蔽日尘埃,蜀郡太守率府衙百官早已迎候于桥头。因而后世将升仙桥改名为"驷马桥",记录下这段励志的鸡汤故事。

那么,相如经世济用的雄才又表现在哪些方面?他回到蜀中所要履行的又是一项什么样的重大使命呢?

司马相如生活的时代乃西汉中期,经过汉初几十年的休养生息,GDP屡创新高,进入到了一个全盛的时期,史称"文景之治"。随后雄才大略的汉武帝终于可以腾出手来收拾不断侵扰北疆的匈奴了。同时,他还开疆拓土,大力开发东南及西南的化外之地。而渴望建功立业的司马相如便生逢其时,作为成都人(他生于四川蓬安,长于成都),他熟悉蜀地及西南边陲的情况,自然成为实现汉武帝"通边大业"的不二人选。

于是,司马相如"拜中郎将"出使西南夷,成为打通西南蛮夷之地(史称"通西南夷")战略的总指挥。这个职位与太守相当,级别颇高,可见汉武帝对他非常信任,并寄予极高的期望。

汉武帝可谓知人善任,相如闹出那么大的绯闻,他不但没因其"生活作风问题"而给予处分，反倒委以重任。相如下车伊始便连作两文，即著名的《喻巴蜀檄》和《难巴蜀父老书》，向蜀地百姓和地方官员宣讲中央政府开发西南边地的重大意义，阐述汉武帝的治国理念，要大家树立全国一盘棋的发展理念，相信国家的整体发展终将惠及地方和每位百姓，望父老乡亲大力支持。

果然，蜀地民众积极配合，最终也确实因此得到了实惠。这是一项少有的、如都江堰水利工程一般利国利民的"双赢"工程。有史料记载，这项工程最基础也是最关键的一环乃开建道路。过去数百年间，巴蜀及西南各地先民断续修建了通往西南边陲的民间贸易通道，也就是秦并巴蜀后开辟的"五尺道"。这回司马相如的重要任务之一便是连通并重修那些等级过低或早已荒废的道路，使之以国道标准成为全国交通大动脉的重要组成部分，并形成出海通道，直通缅甸、印度，再经西亚通达欧洲。这就是被后人称为"南方丝绸之路"的海路大通道，而此路的起点便是成都。

"通西南夷"的成功使先进的中原文化经富庶的巴蜀传播到了昔日的蛮夷之地，促进了当地经济文化的发展，也打破了四川盆地的封闭状态。同时，蛮邦陆续归顺汉中央政权，汉王朝对边地的控制和管理也得以加强。拓土开疆，定邦安民，相如此举，功莫大焉。

汉武帝对司马相如的工作相当满意，正如司马迁《史记》中所记载的那样："还报天子，天子大说。"能让天子大悦实为不易，司马相如的才能于此可见一斑。也正因如此，司马相如在《史记》中才被单独列传，足见其历史贡献相当之巨。

我以为，"通西南夷"的重大意义不亚于张骞通西域和卫青、霍去病远征北方大漠。但张骞与卫青、霍去病早已青史留名，而司马相如开拓西南边陲的巨大历史贡献却鲜为人知，实为千古之憾事矣。

所以，我一直认为司马相如是生生让桃色新闻掩盖了历史功绩的一代经世雄才。

第二辑 >>

锦城　一觉

繁华梦

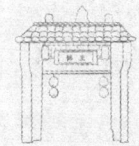

JINCHENG

YIJIAO

FANHUAMENG

尤爱锦城美，白首不相离

1982年的深冬，我自京城返回蜀地。火车驶离站台，漫天大雪纷扬，天地莽莽苍苍。

迷蒙中醒来，列车已过秦岭，驶入剑门蜀道，忽见满目苍翠，不觉精神一振，急不可待地拉起车窗，一股柔软潮润的气息顿时灌满车厢，只觉吹面不寒、浸泽心扉。再望那崇山峻岭间，清流湍急，铁道两旁，野花绽放。

我突然想起杜甫的一句诗来，他形容刚到蜀地时所见之状，便是此刻我目睹的景象，那便是"季冬树木苍"。严冬里还能看到苍郁的树木，这对杜甫来说是件意外而欣喜的事情。李白入蜀时也有感于此，夸赞锦官城"水绿天青不起尘，风光和暖胜三秦"。

我虽生于蜀中，但那次远行归来，自秦地入蜀，竟也产生了与杜甫同样的感受。在家乡生活了十八年，我才第一次走出盆地，方知外方物候与蜀地大异。那是我头一次体会到"天府之国"的美好，才知道那曾经习以为常、觉得天经地义的一切，并非遍地皆是，才发现自己是生在福中却浑然不觉。

那次远行的经历对我后来选择落籍成都产生了巨大的影响。故乡自贡也算得蜀中福地，但对远方的憧憬还是使我决意远行。而兜兜转转一大圈，最终，我放弃了北上广深那样宏阔钜丽的城市，奔向了天府蜀都——离故乡仅百余公里的那个最近的远方。

一转眼，我在成都已经抛撒掉二十七载韶光。如今虽青春不再，却志得愿遂。若要我再做选择，我依然将不改初衷，情愿再做一世成都人，还过我那平常、闲散而快乐的小日子。

这么多年过来，越发觉得成都是最适合我的地方。我与它甚是投缘，我们相互遇见、彼此成全，并早已融为一体，真是没有比这更美的事了。如今想来，热爱成都的理由足有千条，而下面我要列出的，则最为重要。

此地风物颇宜人

还是先说说最易触之于眼目、感之于肌肤的自然环境吧。我曾目见一帧拍自太空的照片，蜀地看上去就像一个巨大的天坑，但见秦岭如屏横于北，大巴山脉耸于东，西有青藏南有云贵，两大高原携手拱卫。这蜀地便像极了一个超大的浴盆，我总是觉得这盆地里的人们整个的生活状态就是将身体放松，以最舒服的姿势在这巨盆里沐浴。

这里是不南不北的地域，且有四面高耸的屏障，便注定有着不温不火的天气——风轻不易乱人发，雪薄不曾没人踝；自古三冬少严寒，从来盛夏罕酷暑。每年最冷的"缩头日"和最热的"桑拿天"都仅有一周左右；且春夏秋冬都空气温润，一年到头皆草木苍郁。只因战国时秦蜀郡太守李冰治水，岷江也便不再发威，清流一泓化作千条细脉，潺潺湲湲浸润万顷沃土。于是，这西蜀平坝便成了千载富庶地、万世温柔乡。

此间百姓会享乐

这样的环境天然地适合人居，是个过日子的好地方。吃喝两不愁，生活即无忧，黎民百姓多无大福大贵的奢想，只有乐享生活的愿望。作家李劼人先生对成都近代生活是颇有些研究的，他在小说《暴风雨前》中便有这样的描述："因为生活成本低，大家便容易生活，费不了多大的事，衣食住行完全解决，因此大家便养成了一种懒惰行为和苟安心理。"

这最后一句听上去像是一种批评，但人性原本即是如此，未必就真是不堪的恶习。所谓勤劳、奋进多半是被逼无奈的求生行为，但这富饶蜀地既然生存不大费事，那又何必拼了命地苦干？搁谁都容易小富即安。

成都人看穿了人生的本质，读懂了生存之哲学，他们悠着悠着地干活儿为的是悠哉游哉地生活，他们从来不会将二者的顺序弄颠倒，他们的脑子早早地便已经开了窍。

第二辑　锦城一觉繁华梦

溯源此风古有之

其实，时光倒溯两千载，此方百姓的生活便已是这样一种调调了。那时宴饮游乐之风就已盛行，街市也极为繁华，娱乐场所随处可见。记得有一首大约创作于明代的竹枝词，便描绘了成都人十分滋润的生活境况。词曰：

> 锦官城东多水楼，蜀姬酒浓消客愁。
> 醉来忘却家山道，劝君莫作锦城游。

那时买醉寻欢者实在不少，以至于作者都担心这样纸醉金迷地过下去，会不会消磨掉人们的斗志？故而劝诫大众，特别是年轻人千万"莫作锦城游"。这跟"少不入川"的意思大抵相似，日子太好过了，怕是容易让人意志颓靡的呀！

这话由外方人士来讲，像是一种婉转的警示，而由自己人说出，怎么听都像是在拐弯抹角地炫富。炫富并非只一味地展示资财，有时也秀一秀有滋有味的生活。多年前我读唐人杜佑的《通典》，便有感于其中一句对蜀人生活与性格的描述，说"巴蜀之人少愁苦，而轻易荡佚"。这"荡佚"二字用得甚是精准，意为放浪、随性而为、少规矩框框，怎么自在怎么来，怎么快活怎么嗨。

如此的活法已然成为此方百姓的生存哲学，写进了世代成都人的基因当中。我经常会想起宋人京镗的一句话来，他说"蜀人从来好事，遇良辰、不肯负时光"。然也，成都人是蜀人中这一特征最为突出的一族，良辰美景他们绝不会辜负。我越来越觉得，成都是最合我天性与期许的安乐福地了，它不逼迫我在成功学的高速路上一路狂奔。它还允许人们懒散、容忍平庸，甚至安抚失败。它接纳投入它怀抱的每一个人，它的包容与大度让我每次想起都深深感激。

胸襟开阔能包容

这座城市是那么的平易谦和，像是大字不识却深明大义的乡间老妪，也像一位学问深厚依然慈祥和蔼的大学教授。它不像某些城市那么的自以为是，觉得除了本邦人氏，其余都是土老冒、穷光蛋、乡巴佬。成都襟怀宽广、一视同仁，它普爱四方客，工农兵学商。

二十七年前，当我踏上这方土地的时候便感受到了它的热情与诚意。没有人对我另眼相看，更没有蓄意的冒犯，相反，我获得的是无数雪中送炭的帮助和暖人心扉的关怀。不管是世居成都者，还是移民落户客，人们都水乳一般融合在一起，毫无身份的区隔，更极少有人以是本地人为择偶的重要条件。而其他许多城市却完全相反，且不说树大根深的本地人，就是早一天到达的新移民也觉得自己比后来者更为优越。而成都却无此等的偏狭，它绝不排外，而是海纳各方文化与习俗，并兼而容之。这便是它众多优良品质中最耀眼的一道光芒，如宝石般闪亮。

移民文化留遗风

成都这种包容品格的形成绝非三天两日，追溯历史，方知它是一以贯之。成都自古便是一座典型的移民城市，早在战国末年及秦并巴蜀之后，中原移民便大量涌入，继而西晋、成汉、唐末、蒙元等朝代都有移民潮出现。而规模最大的一次当数清初著名的"湖广填四川"运动，成都绝大部分人口都是由外地迁入。近代抗战爆发，蜀地又成为躲避战乱的安逸之所，南渡、西迁者难以数计。20世纪五六十年代，又分别有一大批"南下干部"和"三线"建设者移居此地……

大凡移民，多是出门讨生活的平民百姓，鲜有达官贵人，按成都话说，那便是"大哥不要说二哥，大家都差球不多"。所以人们谁也不小看谁，谁也不欺负谁，人人都明白一个道理，生存殊为不易，唯有抱团才能取暖，进而得到发展。

因此人们不会因为来自不同的地域而互掐自耗，而是一心为着如何将日子过好过美而奋发踔厉。于是，成都的文化氛围整体是包容、友善、平和而欢快的，所以成都人才能过得那么的悠闲自得和欢愉潇洒。

回首当年，我初到成都，竟丝毫没有陌生之感，倒像是一次久别的重逢，甚至就像回家。所以我相信，来这里的人多会与我感同身受，都把这块土地当作故乡来热爱。因此，只要你爱着这块土地，并为之做出过卓越的贡献，不管你是何方人氏，人们都会心怀感激，还会修祠建庙，以便世代铭记。

我发现，成都人崇敬的先贤就有很多非本地人氏，比如古蜀王杜宇、秦蜀郡太守李冰、汉蜀郡太守文翁、蜀汉丞相诸葛孔明、唐代诗人杜甫及剑南西川节度史李德裕，还有北宋词家陆游等。著名的汉昭烈祠原本是主祭刘备的祠宇，顺带也可以祭拜一下孔明，但人们却称之为"武侯祠"（武侯为诸葛孔明谥号），因为在人们的心目中，真正为蜀人造福的是这位丞相，而非君王。这或许就是成都历史上最令人心悦诚服的一次"喧宾夺主"。

此方斯民好性情

这让我更爱这方人的性格了。成都虽处山川重阻的"四塞之地"，但人们的心胸却是开阔的，不夜郎自大，不自以为是，更不充神，相反，他们豁达、谦逊、温和、幽默，更懂得享受生活。人们都公认成都是最有生活味儿的城市，悠闲、轻快、舒适，而这样的风味都是因了这里的人，是人造就了这座城，故而这城市的性格与气质便是这城人的性格与气质。

成都人的幽默也是甚得我心。幽默必得有乐观的天性与闪电般迅捷的思维，瞬间以调侃的语调出之，万千愁丝一笑而散。成都人凡事不往心里去，也便不太在意别人的看法，更有自嘲的勇气。那膘肥体壮者自称"胖娃儿"；瘦骨嶙峋的自谑"干虾儿"；头发掉光亮闪闪，自呼绰号"电灯泡"；你总笑我怕老婆，我干脆就叫"耙耳朵"……

这"耙耳朵"倒也值得一说。20世纪七八十年代，人们代步多用自行车，有成都男人生怕老婆受了累，便在自行车一侧加焊一个小偏斗，形状像只人耳朵，类似于三轮摩托车。出行时老公"嘿呦嘿呦"地蹬踏板，老婆坐在偏斗里却能心安又理得。有人调侃那男人怕老婆，他却大声宣告：咋子嘛，老子就是个"耙耳朵"！这"耙耳朵"便引申为北方话"气（妻）管炎（严）"的意思了。

成都男人总是心甘情愿地做个"耙耳朵"。他们普遍没有大男子主义思想，懂得心疼老婆，争干脏活累活。他们在外挣票子，回家当奶爸，收拾屋子待宾客，系上围裙下厨房。总之，我负责养家持家，伊负责貌美如花。

嫁给成都"经济适用男"，女人们满足又幸福。她们的男人虽然没有高大威猛的体魄，却有着细腻温柔的性格。她们相信，这个时代比的不是胸毛，而是胸怀；她们不太看重男人是否钱多，关键是要很懂生活；她们对男人也很宽容，表现出内心的通达，不强迫男人出人头地，要的只是顾家和体贴……

成都会聚了四方八面的移民，成都人便是这些人"互通婚姻，欢恰大和"的结晶，人人都是"混血儿"。于是我们看到，成都女人苗条水灵，盆地空气的温润与阳光的缺乏养得她们肌肤白皙而嫩滑，便可见三步一个张曼玉，五步一个林青霞。她们讲话柔声细语，表情优雅温婉，做事却利落果断，关键时刻甚至还会散发出川菜般的火辣。

成都男人嘴劲了得，"玄"龙门阵可以摆上几天几夜。这龙门阵一"玄"自然就不大靠谱，但谁也不会较真，左耳一进右耳就出，权当段子随便听，其中的那些妙语和警句，不仅开胃还很健脾。

成都的"嘴子"们言语表情总透着颇不正经的冷幽默，看不惯的事酸他几句，心中不痛快便发泄一气。自嘲、调侃加损人，哪里说完哪里扔，这是一种极好的精神保健操，可宽心解气，可活血化瘀。所以成都人"很好耍"，不自闭，少抑郁。生活在这样的人群当中，自然少有愁闷，总也百事可乐。

要论日常生活，成都颇接地气，是个平民化的城市；若要论历史文化，则又不输齐鲁与京师，自古至今还有"诗都"之美誉。古往今来，无数骚人墨客都对此地心向往之，虽蜀道难行，却不畏艰辛，千里来寻"圣地"。这便有了李调元诗句所状之景："自古诗人例到蜀，诗词歌赋吟成都。"

于是，在成都的任何一处，一锄头挖下去便会冒出诗歌，插根筷子在土里也会长出嫩苗。这就是成都，好山好水好物候，美食美女美情谊。历代成都人都在不懈地努力,将它打造成了最适宜生活的乐土,而拒绝让它成为人们相互竞争搏杀的血腥战场。何其幸运也,我就生活在这样的地方。

此间乐,怎会思他地?

锦城美,白首不相离!

烟火玉林最成都

我一直认为，玉林是最具成都味儿的地方，永远散发着浓郁的烟火气息，它将人们对生活的理解化作了实际的场景，生动地铺展开来，宛如一幅市井生活的风俗长卷。

不管其他小区的人们是否同意，我都固执地坚持这个观点。若搞一个相关的评比，我相信玉林必会力拔头筹。你去哪里可以找到生活元素如此齐全、生活味儿又如此浓郁的生活小区呢？

在城市核心地带，比如少城的某些街区，老成都的味道确也挺足的，但却很局部、很片段，像一些来自岁月深处的古玩残片。而玉林则连街串巷，形成规模较大的完整区块——人民南路四段以西，洗面桥街以东，南一二环路之间，这大约三平方公里的范围便是成都烟火日子的实景展场。

再说地域较偏的新区，楼高车快，街道宽阔整洁，武断地拒绝了寻常日子的烟火滋味。而烟火滋味正是小街窄巷里的特产，是要像青苔一般贴着湿润地皮才能生长起来的。

即便是同一"纬度"上的双楠、抚琴、肖家河，抑或棕南、紫荆、桐梓林这些小区也都很成规模，生活味儿也颇为浓郁，区位优势同样突出，到市中心也都只有五公里左右的距离，但在我看来，较之玉林，总体而言还是差了那么一点"火色"。

或许是因为玉林的资格最老吧。它是城区外扩、向田野挺进的第一个区域。它在一环路形成之前为纯粹的农地，是成都人所说的"乡坝头"，所以年长一些的人都习惯称它为"玉林村"。

一环路建成之后，先是一些单位在此修建职工宿舍，还建了一些拆迁安置房。大约20世纪90年代前后，这里成了房地产开发最早的区块。但大多是中小型楼盘，多为六七层的小高层住宅，七层以上的电梯公寓极少，别墅楼盘也仅有一个。所以，抬眼便能看见大片的天空，视野自然就不逼窄，心头也便十分敞亮。

于是，玉林成为成都第一批富人的置业热场，因而在人们的印象中，它是当之无愧的富人区。所以，各种商业都追逐着富人而来，日常所需此处是一应俱全，各种店铺就在身边，生活极为方便。

而现今近郊的大盘却是围墙森立、大门威严，将小区与街道断然隔为两界，尤其是别墅区，辽阔如森林，除了自己，难见人烟。你要出门买点油盐酱醋还得开车才行，世俗生活全然被阻隔于高墙之外了。

玉林的楼盘则与外界融为一体。当然，围合式的院子也是有的，但极少修建院墙，房子直接连起来围成一圈就是一个相对封闭的区域。这样，临街底层就全是铺面，商业气息和生活氛围就很浓厚。我以为，所谓的生活味儿，还不光是消费、购物的方便，更重要的是人气的旺盛和人情的热络。你跟楼下每个铺子的老板和常客都很熟悉，见面打招呼、扯闲篇、说笑话，便会有一丝美意洇开在心头，且能让人随时感受到市井生活的热烈氛围。

不过，没几年时间，追求品质生活的富人都纷纷卖掉玉林的房子，到郊外住大别墅去了。而富人前脚走，穷人后脚来，这时衣袋空空的我住进了玉林。倒不是想要假装成富人，仅仅是因为离工作地较近才选择了这里，而没想到的是，我在这里一住竟不觉快二十个年头了。

这期间，我也随了俗流，在更远的地段备下一套更有品质的住房，却又总是找出诸多的理由把自己留在玉林。就这么一拖数年，任那宽敞的美庐在时间里被撂荒。

玉林的地段堪称黄金，以此为起点去任何一地都不会觉得太远，公共交通也极为便利，纵横贯通的主路各有两条，呈井字形分布，其余则为楼间小道，所以少有锐利的喧扰，耳畔轻漾的多是柔软亲切的市声——

清早，鸟鸣刺破雾障，雀喙衔来晨光。日间行贩叫卖不绝，韵声悠悠回荡。傍晚时分,孩童嬉闹,偶闻狗叫;滑板少年哼哼哈哈地帅气登场,广场舞大妈随民谣丝巾飞扬。路灯之下,摊贩与买主讨价还价,声轻柔和如拉家常;棋友对弈时观者帮腔,不时响起一阵喧嚷……

白日里我很少出门,入夜后常散步俚巷。玉林西街一带近年来经风貌改造,颇添了些韵致。道旁点缀了些竹树,又植入一些园林式小景,改院门为木构,盖青瓦、做旧色,使冷硬的砖石变得柔软了许多。另外,还辟出些隙地,设亭阁、建游园、开夜市,又多出了许多散步、健身和购物的去处,夜里比白天更加热闹。

说玉林生活味儿浓,当然还少不了一个"吃"字。川菜、火锅自不必说,就是异邦或外地美食这里也十分丰富。我家楼下百米之遥便有一家名为"苏坦"的中东菜馆,藏在僻静的角落里默默红火了十几年,吃货总能寻着孜然和咖喱的气味找到这里,大快朵颐。另外,还有西餐、泰餐、日本寿司,以及东北、新疆、云南、广东、台湾、香港的各式风味,想吃什么基本都可以就地解决。

而最有画面感的就餐场景,当数街边的串串香和冷啖杯了。距我家院子几十米外的玉林南路街沿上,每到黄昏时分,数以百计的食客便一字排开,坐在路边的小桌矮凳上悠闲地吃食,场面十分壮观,成为一道别样的风景。

串串香的著名品牌"玉林串串香"就诞生在此地。而串串香的近亲火锅，在玉林的餐馆业中也具有很高的占比，人们在街巷转角遇见的不太可能是爱，而往往是让人欲罢不能的火锅店招牌。

成都人涮火锅，不惧酷暑与严寒。我家斜对过儿的那家蜀九香，食客四季爆满，在冬天里还常会出现极为有趣的一幕。因为生意太好，客人须排队等号，店家便在门口放几排小凳，让客人一边喝茶、嗑瓜子一边等着叫号。但室外寒风瑟瑟，店家便又特制一种煤气炉子供客人取暖。炉子以铁皮为质，形似灯塔，高约一人，炉火旺旺地摇曳着，客人便不再觉得寒冷。成都人真是"历经苦难，'吃'心不改"呀！这玉林便天天展演着这样奇特的街景。

玉林的茶馆、茶铺也很密集，茶客终日不绝，其中最具特色的是瑞升步行街上的那一连串的露天茶铺。那条步行街长一百来米，街上店家多经营小型茶馆和餐饮店，店面都窄小，街道却宽敞，店家便尝试着摆一些桌椅在门口，以扩大经营面积。不料生意竟格外火爆，很快形成气候，特别是在冬日艳阳天，总有大批闲人聚集于此消磨时光。他们先要上一杯茶，再仰躺于藤椅上，将身子摊开，放在太阳下晾晒。那场面相当宏大，像是东南亚某海滨一处热门的日光浴场。

玉林还有一些茶馆生意也很兴隆，但来此消费的多半不是茶客，而是"麻手"。我家楼下一条三四百米的街道上竟有十几家这种以茶馆面目出现的麻将馆。

搓麻是成都人的一大爱好，可谓"十人九麻"。人们平日里都忙累着,便盼着得一闲暇,约上麻友搓上几把,放松一下,心里也便多了一份念想。每天夜里空气中都飘漾着"哗哗"的搓麻声,和夜食摊上散发的香味一同飘入窗来,总让我感到心里踏实。这就是生活原本应有的气息,平淡无奇,却又滋味悠长。

除了以上所述,玉林的生活味儿里还少不了几缕酒香。玉林的酒吧或许不是最多、最高档的,但一定最有故事。当年富人还没有大批搬走的时候,酒吧非常火爆。二环路边的玉林生活广场就开有数家酒吧,真可谓夜夜笙歌。驻唱歌手个个嗓美音亮,张靓颖就曾在"音乐房子"磨励多年,然后一飞冲天。

另外,玉林还有半打、声音、白夜、小酒馆、得且乐和马丘比丘等有名的酒吧。论名字,我最喜欢的是"得且乐",这三个字传递出强烈的颓废感——今朝有酒今朝醉,今日得乐且为乐。

白夜是玉林早期最有名的酒吧,成都文艺圈的男男女女都爱去那里"打堆堆"。白夜的老板是本土女诗人翟永明,20 世纪 80 年代,她在全国已经诗名浩荡,却无法靠着稿费过活,便选址玉林西路开了这间酒吧。不料竟迅速窜红,成为玉林乃至成都的文化地标。外地的文朋诗友到成都也多半会七弯八拐地寻到那里,为的是见一见自己崇敬的那位著名的"诗婆"。

后来,宽窄巷子景区盛大开街,白夜搬去那里落户,人气继续火爆。而没有了白夜的玉林似乎显得有些落寞了,我夜里散步常常从那条街上经过,每次看见昏黄的路灯下已变为时装店的白夜旧址,总觉得那是一处伟大的古文明遗迹。

还有另一家酒吧继白夜之后声名鹊起，那便是"小酒馆"。小酒馆开的年头也不短了，但在许多年里名气都不如白夜大，因为一般人少有去那里的，它是歌手和画家一类前卫人士经常聚集的地方，相对比较小众。

小酒馆的老板唐蕾早年是玩音乐的，而且还是玩重金属的摇滚，所以小酒馆就成了一些地下摇滚乐队的展演场地，唐蕾也便被圈内人尊为"唐摇母"（摇滚乐之母）了。当年成都地下原创音乐实力雄厚，能在全国数一数二，唐蕾自然功不可没。

多年之后，一位北京老胡同里长大的年轻歌手背着吉他来到成都，慕名去了小酒馆，可能还想见见大名鼎鼎的"唐摇母"，却阴差阳错地与她失之交臂。那歌手虽有些失望，但玉林浓郁的生活味儿却让他久久难忘。有感于此，他写下了一首曲调优美的民谣，并在CCTV的舞台上唱响。于是，"玉林路"和"小酒馆"便随他的歌声一夜爆红，那首歌也顺带为成都做了一次收效甚巨的免费广告。那位歌手名叫赵雷，那首民谣叫作《成都》。

> 和我在成都的街头走一走
>
> 直到所有的灯都熄灭了也不停留
>
> 你会挽着我的衣袖
>
> 我会把手揣进裤兜
>
> 走到玉林路的尽头
>
> 坐在小酒馆的门口

现在，每天都有许多游客慕名而来，在小酒馆所在的玉林西路上走一走，坐在小酒馆的门口对着镜头比个剪刀手，或者进去小啜那么几口。

可小酒馆就像它的名字一样，实在很小，容纳不了多少客人，很快，"溢出效应"就显现出来了。不久，那条街上便陆续开起了数间酒吧，让远道而来的客人可以有个地方坐下来，一边喝着酒一边慢慢地感受我说也说不尽的、最成都的玉林烟火味道。

寻常茶事

成都人的闲散早已名声在外，但外埠人士甫来此地，抬眼一看，大街小巷里茶楼、茶铺、茶园和茶摊比银行储蓄所和杂货店还要密集，就如同欧洲城市随处可见的咖啡馆一般，茶客成天懒懒地窝在椅子里吃闲茶、摆闲龙门阵，这场景总是令他们感到诧异。

二十多年前，我辞职离家来成都谋事，也与外方人士一样，不免生出一些疑窦来，想此方斯民如此懒散，总这么闲袖双手地"混天过日"，是靠了什么来支撑这等悠闲的生活呢？

时间一长，疑窦渐渐化开，知道成都人泡茶馆不只是为了喝茶，喝茶仅仅是个由头而已，茶器已然变成了道具，而茶铺则成为社交平台，在那里可以做许多与茶无关的事情。茶客之意不在茶，恰如醉翁之意不在酒。又像古罗马人进浴场，不全是为了洗澡，社交才是主要的目的。在那里，人们谈生意、交朋友，还可以跳舞、健身、打牌、购物、饮酒、赏画，甚至可以听到精彩的演讲和高档的音乐会。浴场实则是一个多功能的休闲娱乐中心。

成都的茶馆此类功能更为突出，人们不光喝茶闲坐，还同时谋些生计，不少生意就是在茶馆里谈成的。旧时的茶馆里，人们还相互交换信息，听戏、闲扯、发呆，等活儿、搓麻将、打瞌睡、掏耳朵，有些说媒的也喜欢将双方约到茶馆去见面。李劼人先生的小说《暴风雨前》就将旧成都老茶馆里那些事描写得极为详尽、生动，其中一段是对"吃讲茶"的描述。所谓"吃讲茶"就是甲乙双方起了纠纷，又不愿去打官司，便请来当地德高望重的长者做中间人，在茶馆这样一个公开场合当众评理，断个公道，颇有点民间法庭的意思。

你以为人家泡在茶馆里啥都没干，其实，许多事情他们在吹牛闲耍间顺带就办了，便是两不耽误。所以说成都人会过日子并非徒有虚名，他们将时间泡在茶碗里，滚烫烫的日子就这么过了几千年。我记不得是从哪本书里读来的，说自秦灭巴蜀之后，茶事便在此地盛行起来，称"始有茗饮之事"，说明此风甚远。

我还依稀记得将野生茶经人工栽培而实现规模量产，便是始于巴蜀。成都附近的名山、邛崃和彭山等地都是有着两千多年种茶历史的优产区。民谚道"扬子江心水，蒙顶山上茶"，那蒙顶山便是位于名山县的境内。蜀茶品质极优，历代选作贡品，且茶马古道的起点便是这蜀地的中心——成都。此间百姓爱茶就自当是情理中事了，正所谓"性自嗜茶如嗜酒"。

一直以来，人们似乎都心存一个误解，觉得饮茶是件极雅的事。《红楼梦》里说，来自乡下的刘姥姥进了大观园，大口吃茶，被讥为"牛饮"，乃粗俗之举。所以大户人家的主仆品茶都相当讲究，且非常斯文，称之为品茗，玩的是茶道，还要焚香鼓琴、吟诗作画。

然而，普通百姓却消受不起，茶对他们来说，与浪漫诗意无关，与优雅品位无涉，茶是生活必需品，是"柴米油盐酱醋茶"那个"茶"，充满了人间烟火的气息和寻常日子的味道。

于是，他们将茶事演绎成了普罗大众的集体狂欢，尤其旧时的成都，三步一茶馆，五步一茶园，吃茶成为百姓生活中的重要内容，还往往被放在了一天当中所有事情的首要位置。

资深的茶客起床后是不急着吃饭的，先得吃一碗茶。茶不在家里吃，推门出户，只几步就是茶馆。天还蒙蒙亮，茶馆里已是人声嘈杂，嗡嗡的声音与茶汤的热气以及叶子烟的淡雾弥散在梁椽瓦檐间。踱进去先跟掌柜的打个招呼，再与茶友寒暄几句，然后照例坐在老位子上，立马就有茶倌碎步上前将茶碗往桌上一摆，一柱滚水从铜壶里直直地射入碗中，茶与水翻滚舞动，暖香升腾开来。一口下去，热流从唇齿间直滚落胃肠中，瞬间身子就热和起来，每一个细胞都苏醒了。老茶客的一天便是从一碗滚烫的茶水开始的。这似乎有一种庄严的仪式感，它让寻常日子有了隽永的滋味。

但现今这样的老茶馆已经不多了，我所知道最典型的一个是双流县彭镇的那间百年老茶馆。镇上的老茶客仍像旧时成都人那样喝茶,复原了一段老旧的时光。这个活化石级的老茶馆现在已经成为网红打卡地,让人可以感受到老成都旧日子的脉脉余温。

如今,成都市区的茶馆早已因时而变,不再是老瓦房木门窗,也不再是土灶铜壶煮水,更难见到有说书、唱戏和"吃讲茶"的了,也不大能听到韵味悠长的喊茶声。但即便如此,成都的茶事依然比外方更为火热,老成都茶馆的余韵还在,平民化消费和闲适的格调犹存。一般来说,露天茶铺这一特质更为鲜明,一茶一座,也就五到十元,价廉且自在,你就是坐上一整天也不会有人给你脸色看的。

我的作家朋友"邹眼镜",天天都泡在街边的茶摊上,笔记本电脑一开便是文思泉涌,在家里反倒是抓耳挠腮、搜索枯肠。中午他会在隔壁小店喊一碗牛肉面或者红油水饺,切二两猪拱嘴,有滋有味地吃一顿。然后他会以最舒服的姿势仰在椅子上小睡片刻,醒来又接着码字。偶尔,他起来伸个懒腰,顺便打望过路的美女,他称这个过程为"盯粉子"。所以,从他的文字里我总能嗅到一丝慵懒、颓靡和小巷里的市井味,以及红粉的脂膏气。

时下成都的高楼大厦越来越多,但人们还是见缝插针地在高楼间辟出大小不等的空地,摆上桌椅就成了露天茶铺。成都的冬天并不太冷,户外也能坐得住人,盛夏又不至于太热,树荫下面会相当舒爽，所以茶客总是终年不绝。

见着这样的场景，外地人常常会以为怪事，茶哪里不能喝呢？偏要跑到茶馆茶铺里去！那我要问了，酒哪里不能喝呢？干吗偏要跑到酒吧里去？又贵又吵！音乐会电视里也能看哪，跑去现场干什么？说穿了不就是喜欢那种吵吵嚷嚷的氛围和那股子热乎劲儿吗？

我刚来成都那阵儿，人地两疏，不免落寞，有人约去喝茶，自是相当乐意，就像几百年前"湖广填四川"的时候，各地移民大量涌入，都有抱团发展的需求。于是，聚于茶肆，紧扯慢聊，很快就能扩大社交圈子。那些年，我总爱和朋友约去泡大慈寺、人民公园和望江楼的茶园。聊着聊着，瞄见旁边一桌有位熟人，就赶紧把桌子拼到一起，两桌人也便相互认识了。

那段时间，高档茶楼的豪包、平民化的露天茶园、简陋的街边茶摊我都泡过。不同的档次能满足不同的需求，谈商务的、约会的、打机麻的、看球赛的多选择高档茶楼；会朋友、晒太阳、磨时间、斗地主、下象棋的则一般选择露天茶座，也叫茶铺或者茶园。我自然是倾心于后者了，那是最自在、最成都的地方。

成都的露天茶园依然保持着最古朴的风味。各大公园、一些寺庙、街边游园的花草间、河岸狭长的绿地边、老旧小区的空地上都有这样的茶园，其规模是依地盘大小而定的，小的三五桌，大的甚至可以有几十上百桌之多。

最具成都味儿的茶铺一律摆的是小方桌和竹椅子。小方桌宽不足一米，高及人胯，小巧可爱，却工艺粗糙，且年深月久，漆色脱落，茶渍斑驳。竹椅子也很老旧，座面被成千上万只肥瘦不同的屁股磨压过，扶手让干湿各异的手掌摩挲过，生出光润的包浆，泛着油浸浸的微黄，与小方桌相搭，很是登对。旧物有旧物的风韵，能勾起人们对旧时光的怀想。

冬天里，露天茶铺更是一道绝佳的风景。成都冬日里日光稀少、天多阴翳，故有"蜀犬吠日"之谓，一出点花花儿太阳人们就稀罕得不行，跟过节似的，心便痒痒起来，横竖是坐不住了。上班的，左一个右一个地开溜，或找各种理由向上司告假。可那做上司的心里也慌慌，不等别人行动，自己先就脚底抹油，溜了。

于是电话、微信一通联络，吆五喝六，倾城出动，如旧年的人们赶庙会或是看社戏，大有"须君细商略，晴日共茶瓯"的味道。这诗句的意思是说，哥们儿，天气这么好，窝在家头干啥子？赶紧出来晒太阳，还有要事同你商量！

这么一吆喝，谁还有心思做事啊？撂下手头的活儿便"夸父逐日"去了。这下可好，各色人等都变作了同一个身份——太阳茶客。茶客迅速将所有的露天茶园、茶铺、茶座、茶摊占领，花花绿绿的人影与四围的花树混杂在一起，阳光正好，天色蔚蓝，感觉日子一下子鲜丽了起来。

泡茶园的人大多有着好的心性与平和的心态，各色人等都能在同一个空间里和谐共处。大老板、工薪族、民工小贩邻桌而坐，各得其所，从没听说过因为身份高低而引发的纠纷，大家都乐乐呵呵地享受着这可爱的闲暇时光。

来茶铺的人多半是闲人，或者是想闲一闲的人。闲了才能感受生活的滋味，慢下来方可显出淡定与从容。铁像寺水街露天茶园里的那副对联便道出了此番深意，联曰：余生很长，何事慌张？可不是吗？我们干吗那么着慌啊？日子得像泡茶馆那样悠悠闲闲地过才叫个好呢！

茶客到茶园里一坐下来就不想动弹了，于是便有人动来动去地为他们提供服务，有掏耳朵的、擦皮鞋的、算命的、卖瓜子花生胡豆等炒货的，还有卖豆腐脑、蒸糕、凉粉、凉皮、冰粉等小吃的。小贩穿梭其间，让茶园有动有静，显得热闹和谐。

前些年成都报业发达，露天茶铺里几乎人人都举着一张报纸展读。通常是拖一张空椅子过来，双腿架上去，身子向后仰躺，调整到一个最舒适的角度，便大有神仙下凡的感觉。晒着太阳读困了，就用报纸将脸盖住，打个小盹儿，迷迷糊糊中，耳畔便一直是翻动报纸的"哗啦"声和剥瓜子的"咔嚓"声。于茶铺中的人而言，这是一种令人心安和舒适的背景声响，而在旁人看来便是一道带有音效的和平安宁的俗市风景。

这样的情景并非现在才有，实则古已有之。西晋时，一位名叫张载的诗人来到成都，火热的茶事和富足闲适的生活令他灵感喷发，遂作诗以记之。据说这是我国最早的一首咏茶诗，名为《登成都白菟楼》。我以为，诗的末尾四句是最堪吟哦与玩味的了：

芳茶冠六清，溢味播九区。
人生苟安乐，兹土聊可娱。

茶园两绝技

成都人喜茶，茶馆、茶园便多，其中露天的茶园别有天地，各家亦独具优长，或以地段、环境取胜，或以特色服务闻名。而特色服务中又当以茶倌的掺茶功和掏耳匠的舒耳术最能吊人胃口了。

掺茶功

所谓掺茶功，简单讲就是茶倌泡茶续水的功夫。这套活儿没有茶道那些讲究，茶道是安静和缓慢的，讲究内涵与文化，显得十分优雅；而掺茶功则是灵动、快捷的，是一种技艺的展示，总是让人眼花缭乱。

入得茶园，选一处合适的位置，拖动竹椅坐下，便听得几声竹节嘎嘎的微响。这时，幺师迅疾上前招呼，等你点好了茶，就听他一嗓子亮开，声音响箭般射向灶间。哪怕你点了十碗八碗不同的茶，他也能记得一清二楚，且能一口气准确地报将出来："哎——两个三花、三个素毛峰、一个花毛峰、一个碧潭飘雪、两个苦荞、一个菊花——"

不一会儿，就有茶倌从开水房里闪出，将装好茶叶的茶碗摆上桌面。茶碗是"三件头"的，分为茶托、茶碗和茶盖。茶托相当于一个小小的托盘，茶碗放置其上，茶盖盖住碗口。茶托的作用是能存住溢出碗口的茶水，持杯时也免得烫手。茶盖则有保温和撇去茶沫等功用。

在茶铺里喝茶虽远不及茶道那么讲究，但也不是倒上水就开喝那么简单，也得分几个步骤，还得把握好火候。摆好茶碗之后，茶倌便将铜壶里的水注入其中，茶叶翻滚，馨香四溢，袅袅娜娜地氤氲开来。再看那茶叶在微绿带黄的茶汤里慢慢地舒展开来，像一个皱皱巴巴的新生儿渐渐出落成窈窕的少女，这个过程赏心悦目。

但这头道水不能掺得太满，只一半即可，目的是将茶叶润发开来，茶客管这叫"养叶子"。这道水一般是要倒掉的，然后再续上满满的一盏，茶叶的香味更加馥郁，便可以慢慢品尝了。此为"头道水，二道茶"。

这时，你用左手执盏，右手拇指和食指捏紧茶盖的顶帽，将盖儿沿在水面轻轻刮动，使茶叶充分翻滚，香气与茶多酚很快释放出来。做这个动作的时候，无论男女，都会不由自主地翘起小指，有点像兰花指的造型，茶客便仿佛变成了戏剧中的人物，这就让市井俚俗的寻常茶事变得有几分脱俗的雅致了。

有的茶园和茶楼有经过专门训练的茶艺师做花式掺茶表演，动作都非常炫酷。只见那茶艺师将铜壶在手里耍动，于身体的前后、上下翻滚，如一名战将挥舞兵器。最常见的招式有"白鹤亮翅""金鸡独立""海底捞月"和"苏秦背剑"。那铜壶里盛满了滚水，壶嘴的长度足有一米，最前端开口仅豌豆大小，这样水柱集中、压力足，茶艺师可以站在一两米之外的地方对准茶碗"遥注"。那水柱不散，如一道银光直击茶碗，便见那茶叶在白盏中翻滚。这时，茶艺师微一抬手，壶嘴的水柱戛然而止，完成一个干净利落的收束。再看那桌面，竟是滴水不溅。

我泡过无数的露天茶园，人民公园、望江楼、大慈寺、百花潭、宽巷子、武侯祠……都很有老成都的风味，其中最得我心者当数人民公园的鹤鸣茶社了。那茶社已有近百年的历史，极负盛名，茶客终年络绎，据说一天能卖出好几千碗茶去。生意如此兴隆，除了招牌硬、地段好，茶倌的掺茶绝技更是锦上添花。

说起那茶倌，经常光顾鹤鸣茶社的人没有不知道的，那人姓吴名登方，其父就曾在这里做了一辈子的茶倌，后来他接替父亲也干了这行，且一干就是三十多年，现在他的儿子又接了他的班。掺茶绝技传续三代，成就一段佳话，这让茶客总是津津乐道。

要说他这茶倌的工作，无非是摆茶碗、掺茶水、收茶碗，实在太过简单；几十年如一日不断地重复，又好生枯燥，但吴登方却将这套程式化的差事玩成了一门绝技，成为远近闻名的掺茶技艺大师。

前些年，每次去鹤鸣茶社，我都能欣赏到吴师傅的"绝世武功"。落座竹椅，点好了茶，吴师傅便立马现身，只见他身着白色的工作服，右手提着一把锃亮的短嘴铜壶，左手五指张开，以超强力度将足足二十套盖碗茶具勾联在一起。那一大摞茶具看上去形若一个弯钩，故而有着"倒挂金钩"之誉。

此时，只见他左手一扬，那三件套茶具中的茶托便准确地飞到茶客的面前，就像散发扑克牌一般，桌上有几人，茶托就发几个。随即便是摆碗，但见他手过之处，碗落托槽，妥妥地"对号入座"。几乎同时，每套茶具的盖儿也神奇地仰放在了茶碗的旁边。茶是已经事先放好的，不同的茶品对应不同的茶客，绝对不会混淆。此时，他提壶掺水，壶嘴"唰"地飞出一道白色水柱，直灌茶碗，那茶叶便随水翻滚，热气向上蒸腾。水至碗口，眼看就要漫出，他只轻抬手腕，水柱便似被快刀斩断，壶嘴滴水不洒。而那桌面之上也是干干净净，不见一粒飞溅的水滴。紧接着，他小指在茶盖边沿儿一碰，那茶盖便似鲤鱼打挺，翻身而起，他只用指尖轻轻一引，茶盖便稳稳地扣在了茶碗上面。

这一连串的招式都有着很文雅的名字，如"手托莲花""盘龙过江""霸王抱柱""飞瀑入渊"等。这套花式动作吴师傅耍得流畅利落、一气呵成，速度之快，令人眼晕，仿佛按下了快进键，不看上个十遍八遍，还真不知这一切是如何发生的，只觉是像那两军阵前，关云长挥舞青龙偃月刀，斩颜良、文丑首级于马下,只有结果,不见过程。

这套茶艺乃吴师傅独创的绝技,至今无人能及,真所谓"一直被模仿,从未被超越"。1991年秋,他曾作为中国茶文化技艺民间大师受邀前往澳大利亚做过表演,更享有"中国茶博士"的美誉。多年后我去采访他,问他这"钢铁是怎样炼成的"?他只说:"喜欢嘛,天天摸到,天天想到,干了二十多年,随便咋个都要成点事嘞。"

我回家写稿,感触颇深,便记下了这样的一段文字:

"茶倌当中手艺最好的,被赞为茶博士,吴登方师傅苦练茶艺,真称得上是茶艺界的博士了。然而,没有哪所大学是专门培养这类人才的,唯有热爱才能练就奇技,创造奇迹。我相信,热爱无疑是这世间最高等的学府。"

舒耳术

我不知道别的地方有没有替人掏耳朵这样的服务,四川是有的。理发师理完发,会帮客人刮刮脸、捏捏肩、按按头、掏掏耳,一套程序走完,客人即感觉周身通泰、神清气爽。

在成都,掏耳朵则从传统理发业附带的服务项目中独立了出来,产生了掏耳匠这样一个职业。掏耳匠一般依托于茶园为客人提供服务,并与茶艺一同成为茶园里两项极具成都风味的民俗亮点。

第二辑　锦城一觉繁华梦

踱入茶园，沏上一盏茶，仰在竹椅中发呆，或是闭目养神，身心便放松下来。此时，常会听到"噹噹"几声金属撞击的清越震响，成都人都知道，这是掏耳匠拨弄响夹发出的声音。这种声音轻柔、清脆，似带有混响，可延续数秒，如游丝般在空中轻漾，感觉甚是悦耳。掏耳匠揽客时是不用嘴吆喝的，这响声就是吆喝，是一种可以让人心领神会的暗号，更是一种含蓄的挑逗，它悠悠地荡进你的耳道，轻轻地搔弄，让你产生痒痒的感觉。

除了听觉的诱惑，掏耳匠还能用视觉形象勾引你前去爽上一把。他会将一位客人陶醉的情态展示在众人的面前，让观者难以自持。你看那客人，全身放松地仰躺在竹椅上，头枕着靠背，半睡半醒。阳光将他的脸晒得红扑扑的，掏耳匠的操作让他满脸陶醉。这时，你的耳道会越发痒痒，最终屈从于这种不挠不快的生理需求。

我就是在那样的诱惑下有了"第一次"的。那也是在鹤鸣茶社，那位"驻社"的掏耳匠和茶艺师吴登方一样身怀绝技。他同样也姓吴，全名叫作吴名祥。那天我没能按捺住好奇，壮着胆子第一次让别人掏了一回耳朵。那种体验相当神奇，就像做手术，完全将自己交给了医生。但没有麻药，就不免有些紧张，吴师傅便开始为我做起了心理疏导，叫我深呼吸，慢慢放松下来。但我依然心存顾虑，他又给我打气，并自信地说："放心，我18岁拜师学艺，已经干了四十多年，手头莫得个定准咋敢吃这碗饭呢？没事，有耳屎挖耳屎，莫得耳屎就图个舒服。"

于是我就"豁出去了",闭上眼睛,尽量放松身心,随即感觉一根绒绒的条状器物轻柔地在耳道里搔弄,痒痒的,如虫蚁爬行,让人急迫地想要被重重地挠上几下。但他偏不那样,故意让那种感觉延续,待你难以忍受的时候,再将一根凉凉的、大概是铜挖勺一类的器具伸将进去。那东西在曲里拐弯的耳道里游走,在每一个皱褶和拐角处或轻或重地抠挠,顿时,一股极致的舒爽感如电流般自耳道蔓延开来。

我感觉他的动作就像庖丁解牛那样游刃有余、轻重有度。他熟悉耳道的结构就如同熟悉回家的小路,即便酒醉之后在没有路灯的深夜里行走,也不会误入别人家的房门。随后,他用镊子夹出一片完整的耳屎向我做成果展示,那一瞬间,我们都获得一种巨大的成就感。

紧接着,他用一种柔软的器物轻触我的耳膜,顿时响起一阵战鼓般的轰鸣,简直惊心动魄。忽而又用一种类似棉签一般带绒球的工具撩拨耳洞,以清理耳垢细屑,我便又再次产生舒爽之感,如春风之拂面,轻柔而浪漫。最后,他用勺刀轻刮耳郭,剃除皮屑和绒毛。如此,整套程序完美收官,其美妙体验难以言传。

成都人真是一群善于享受的家伙,他们竟然可以将掏耳朵这类私密的个人卫生行为,演绎成光天化日之下的公开享乐,实在是一种奇特的本事。而这样的享乐并非始于今日,乃古代蜀地先民的天才发明。那时,它有一个好听的名字,叫作"采耳",是流行于贵族阶层中的一种奢侈的享乐,后传入民间,并迅速成为市井俗尚。

那时，掏耳匠也有一个相当文雅的称号，叫作"舒耳郎"，意思是使耳朵舒服的人。人们称其为"郎"而非"匠"，透露出人们对这一职业的尊重和褒扬。

掏耳匠在成都的茶园里随处可见。他们屏息静气、神情专注，将客人身心放平，让他们脸上浮出笑意。而他们那种享受的样子每每惹人心热，更领会到成都小日子里那无处不在的安逸和欢愉。

乡村老院"农家乐"

我青城后山的小屋位于金鞭岩的左侧,金鞭岩绝壁千丈、连峰十里,极为险峻,岩下有味江蜿蜒,风景奇美。约十年前,我来此寻幽,味江两岸人烟稀少,甚是清寂寥落,而现在人气明显旺了许多。

从山脚平坝进入后山的路有两条,穿岭越涧至此,于我家坡岩下的沙坪村交会,随即孤径伸延,通往约六公里外的泰安古镇。古镇隐于深山,素不为外方周知,而近年来却成了近郊游的热门景点,往来游客络绎于途。于是,道旁水岸的一些农家小院便被陆续改造为特色农庄,接待过路的游人。

多数的游人原本是奔古镇去的,但途中歇脚时意外地发现了那些农家小院,便顺势拐道而入,发现真是别有洞天。城里人厌倦了都市的喧嚣和燥热,寻的是野趣,访的是清幽,就更喜欢来此体验山里人家生活的别样风味儿了。

我突然意识到,在川西平坝上风行了多年的"农家乐"已然长驱直入，挺进山林了。而这山里的"农家乐"确也独具特色，可以看作"农家乐"的山地版本。

所谓"农家乐"，意为"享受农家生活之乐"，乃川西农家的一大发明。20世纪90年代中期，我去郫县乡下采访，镇上的干部殷勤陪同，工作完成之后，便带我去一户农家小院休息并用午餐。

那是一座典型的川西林盘，房前有塘一方，屋侧清渠流淌，环舍皆是茂密的林木。只见高楠如剑，直指苍天；劲竹丛生，阴翳幽然；清风入林似微吟，流水潺湲如弄弦；院坝中几组木桌、竹椅随意摆放，闲客悠然散坐；鸡犬尽皆从容，信步闲庭，与人互动……一入小院，主人便殷勤看座，打井水沏明前新芽待客。此时，捧起盖碗，清香漫起，小啜一口，润泽肺腑。

那是仲春时节，院里的那株老杨槐开花了，空气中浮漾着幽润的暗香，轻风过处，落英似雪，偶尔掉落几瓣在茶碗里，并不要紧，用茶盖轻轻拨弄，撇到一边，便接着又喝。

农家菜不甚精致，却天然、新鲜，用土灶、干柴烹出，极为鲜美。春笋是屋旁竹林中刚拱出土的，现掰现剥，爆火快炒，能尝到春天的味道；红油鸡片味鲜、耐嚼、口感极佳，是以家养土鸡为原料；豆花是用自家地里种的黄豆制成，自带一缕田园的气息；折耳根拌嫩胡豆，再加几片藿香叶，感觉更纯粹、更乡野……

我是第一次在这样的环境中喝茶、吃饭，觉得乡村野趣甚浓。而在此前数年，这种对外经营的农家小院就已在成都周边县乡出现。农家分享独有的天然资源，让身心疲惫的都市人得以休闲，这便形成了川西乡村旅游模式的雏形。后来，这种方式被逐渐推广开来，并日益成熟和规范，国内多地便竞相效法，至今势头不减。

而首先看到这一商机的人，是郫县农科村村民徐纪元，他的徐家大院也就成了"农家乐"的一块闪亮的招牌。后来，我专门去采访过这位"农家乐"的创始人，我问他当初怎么就那么有把握能将城里人吸引过来？他说他了解成都人的性格，好吃、爱耍、喜游乐，这是成都人骨子里的东西，永远也不会改变。

他说得一点没错，成都人这一秉性自古始然。早年读史，知此地民众甚好游乐，苏东坡《和子由蚕市》诗中有"蜀人游乐不知还"的句子。蜀地百姓游乐成性，总是忘乎所以、乐而不返。而其中成都人更甚，这里有一群无可匹敌的顶级耍家和吃货。

但深追其源，成都人并非天生就是这样的物种，好游贪耍的性情是因了生活环境的优越。他们得天府之利，温饱不愁，要雨得雨，要风得风，水润沃野，物阜民丰，哪像干旱少雨的黄土赤地和西北大漠，水贵如油，不宜农桑；而这西蜀福地气候温润、四季宜人，不像北方雪原，得猫冬半年……既然如此，不出门去尽情晃荡，实在是对不住造物主的恩赏。

于是，着华服，盘云髻，捋鬓髯，描红妆，喜气洋洋，浩浩荡荡，出廓相扶将。春来郊野菜花金黄，踏青赏花的人们行走在田垄之上；夏季里万顷稻禾犹如碧海，荷塘水田中蛙鸣似鼓；入秋后遍地麦浪翻滚，更有金果飘着清香；冬来西蜀少有霜雪，草木苍润犹吐清芳……四季都是极好的时节，出游的人群便未曾断绝，一路之上，丝竹相伴，笑语喧嚷。

至唐宋两朝，此风已达极盛。有记载说，一年十二月，月月有市集：灯市、花市、七宝市、桂市、药市、桃符市……走马灯一般地轮转，人们乐此不疲，因而史籍中有"动至连月"的记述，意思是说，人们一玩就是好几个月，其兴致仍是盎然不衰。

这样的群众性休闲娱乐活动一开始是自发的，后来得到了官方的大力支持。同时，出游活动也促进了消费、拉动了内需，可谓一举两得。那时，为了获得游赏之乐，官民皆全情投入，更舍得花钱，《宋史·地理志》中便有"其收获多为遨游之费"的记述。

那时的游乐活动比现在丰富得多，戏曲歌舞、杂技木偶、龙舟竞渡、飞马骑射，当然，也有宴集、酒事与茶会……真是不一而足，人们因而乐此不疲。当年，浣花溪畔风景极美，可近赏秀水嘉木、江鸥白鹭；还可远眺西岭雪峰，观万山叠翠。人们乘坐游船自锦江漂来，水面还不时拥塞，如今日之堵车，往往需要出动警力疏导，以确保水路畅通。

时光荏苒，千载岁月如水而逝，虽当年之盛况不再，但成都人极尚游乐之风却坚韧地延传了下来。农家乐便是这一古风的现代变种，它像一个鲜嫩的春笋拱出土层，当它生发开来，自是遍地葱茏。

于是，平坝、山野、林中、水畔，都打造出各具特色的风情小院。每逢周末与节日，人们纷纷出游，往往众车塞途，一眼望不到尽头。

每年春至，人们倾城而出，去乡野赏花玩乐。此时，龙泉桃花艳，崇州菜花黄，蒲江的郁金香灿然盛放，青白江樱花更是如雪纷扬。盛夏去龙池、虹口玩漂流，入青城、峨眉避炎暑。金秋时节，三圣花乡菊花黄，白鹿古镇枫叶红。深冬节令，西岭雪山头白如银，花水湾温泉热气袅袅……

赏景玩乐之后，农家乐便是最惬意的落脚之处。喝几口茶，缓一口气，然后吃土菜、喝烧酒、搓麻将，或去农家地里摘蔬果，举锄挖土、撒种浇水，体验农人的生活……

成都人真是高明的生活家，忙时尽管忙着，休闲绝不含糊，真是提得起又放得下。他们明白一个道理，人生就是单行道，踽踽向前不复还，只能且行且歇，赏尽一路美景，以慰旅途苦辛。他们注重现实，活在当下，知道如何照料自己，相信快乐乃人生第一目标，至于名利，未必有那么的重要。

上月既望，俞剑兄自京城回蓉省亲，我便诚邀他进山小住，于农家院中闲耍几日。

俞剑兄一身旅尘、满眼疲惫，一入山林身子便瘫在了竹椅当中，不想动弹。这时，坡坎下传来一阵嬉笑，只见河滩浅水里一桌人正在搓麻，半个身子都浸在水里，图的便是一个凉爽。俞剑兄先是一惊，怏怏的情绪顿作云散，继而连声感叹：成都人真是会过日子啊！又自嘲道：只悔当初啊，为了寻梦去北漂，误入尘网十多年，如今只落得个尘满面、鬓如霜，心也沧桑。

我说你事业那么成功，牺牲一点舒服倒也值得。他端详我半晌，又摇头慨叹：还是这西蜀养人哪，看看你，面颊饱满，容光不减，日子一定非常滋润。而我却苦熬多年，几乎没尝到过一丁点人生的乐趣……

夕阳挂在金鞭岩上，岩体边缘遂镀上了一道耀眼的光边。我是第一次在日落时分从这个角度去欣赏它，突然觉得应该叫它"金边岩"才对。此时，乱云飞渡，西天一片璀璨，显得华丽无比。但天很快便暗淡了下去，变成一片灰白，随即暮色四合、山无棱影。

我忽然觉得这一过程极似我们的人生，何其短暂，稍纵即逝，每一个瞬间都值得珍惜，错过了即是永离。好在我这辈子胸无大志，未曾将时间奉献给功名，虽是碌碌无为，却也平稳悠闲。我的性情恰与这成都契合，我喜欢这里闲闲的日子，它也容得下我的得过且过和平庸散淡。

那晚，与俞剑兄于溪边对坐，长久静默无言，只听那山籁合奏，忽觉尘世邈远……黑暗中，俞剑兄的声音幽幽地传来，如是自语，又像梦呓：

"要是老家的院子还在该多好啊……这个季节院里的柚子树就该结果了……"

冷摊负手对残书

但凡好读书者，没有不爱逛书店的，就像好打扮的时尚人士爱逛商场、喜欢养花种草的人乐上花市一样。

我向来很少出门，非必须是绝然没有动力弄发、换装见诸世人的，但只要出门，多半会有意无意地拐进书店里去。未必每次都要下单，在书堆间绕上几圈，吸几口油墨的馨香，了解一下新书的信息，心里便添得几分舒爽。

成都的书店数量不少，在宽街窄巷里走上一段，是准能见到一家两家的。店子有大有小，或高轩大楣，或低户矮扉，但大多有一个雅气的门脸儿，散发着诱人的书卷气。

前些年我主持一档电视读书栏目，对成都的书店业有些大略的了解，其数量实在可观，竟有四千多家，据说居全国之首，光春熙路上就有四家颇具历史感的老书店。近几年市区里又新开了数家时尚味儿颇浓的大型书店和购书中心，其中方所、言几又、西西弗、几何、新山等更是声名大噪的网红书店。

书店多当然是件极好的事了，这是衡量一座城市底蕴的硬性指标。成都这些年来发展很快、名气渐大，气质也是能够跟得上的。就好比一个人，打扮入时，兜里有钱，还腹有诗书，便不会有人把他看成是个暴发户。所以这"腹有诗书"就显得相当重要。

我虽然爱逛书店，但去那些网红店的次数却极少。置身那样的环境中，空间巨大、装饰豪华、空调温度适宜、书籍摆放有序，如入豪门大户的厅堂，总是不大自在，往往手足失措。我还是更喜欢中小规模的书店，特别是离家不远的那种，处寻常巷陌之中，亲切而随和，完全不必下一个巨大的决心，驾车数公里奔去，像出席一个正式的场合。对我来说，进书店就像是趿着拖鞋去楼下杂货店里买酱油，是一件极为日常和随意的事情。

我家所在的玉林小区开有许多小型的书店和书吧，均精巧雅致，装修配饰极为时尚、小资。彩虹街有一家书坊，名唤"一苇"，模样甚雅。我揣想应是取《诗经·卫风·河广》中"谁谓河广？一苇杭之"之意。一束芦苇，可渡人过河，引申为"书籍乃灵魂之渡船"，能载人抵达精神的彼岸，可见店主是颇有些内涵的。隔壁另一书屋，店名也取得相当雅致，曰"月半书咖"，装饰布置亦是颇有品位。

我有时傍晚散步会打那儿经过，从店外看进去是一幅很美的画面：靠窗的位置上往往坐着一位长发的美女，面前摆放着一台打开的笔记本电脑，旁边放着一杯咖啡，音乐淡淡地挂在时空的背景上，像都市剧里的某个场景。我偶尔也会侧身进去瞄上两眼，遇到合适的书刊总是要买上一本两本的。但我无法在里面安心地坐下来，那种氛围简直要将我带离自己的时代，总有点时空错位的感觉。在那里，书刊成了环境营造的一种元素，浓郁的咖啡味儿更是盖过了淡淡的书香。

相比之下，我更爱去逛玉林东街的"书海拾林"。那是一家二手书店，但看上去像个杂货铺，那些旧书只是众多杂货中的一种。那家店已经开了近四十年，卖书并不怎么挣钱，但老板总也不舍得将这块业务给砍掉。我喜欢他对书的这份情感，隔三差五就要去那里逛上一趟。

我大概是有些老派的那一类人，总是习惯逛那些老旧小区的书店，还特别钟爱二手书，甚至有逛地摊的偏好，每一次都像是在淘金或者猎艳，感觉有一种别样的乐趣。这时，我大概有点像独占万千粉黛依然偷偷出宫私会李师师的宋徽宗了。

光是为了看书，到哪里买都是一样，但我这种有点收藏癖的人，大书店里往往找不到想要的货。比如，喜欢某年某出版社出的某个版本，或者某位译者的某部作品，再或者想补齐某套旧版所缺的其中一本，这就必须到旧书店或者地摊上去淘了。

成都颇有名气的芥子古旧书店、淘书斋以及毛边书局·桃蹊书院等几家店我都是常客。淘书斋已经开了三十多年，主营线装书，据说存书量上万册。毛边书局·桃蹊书院则藏有十数万册的四川地方志。这些老店均各有所长、特色鲜明，吾甚爱之。

这些店的老板或店员都是爱书、懂书的人，你问起某本书，有还是没有，他马上就能作答；你说想找某个方面的书，他的大脑就像一台存有海量信息的电脑，瞬间检索出相关的书目，立马就会向你推荐，简直如数家珍；而且还能在如山的书堆里迅速找到你要的那本，像抓中药般精准；若不是太忙，他还会跟你讨论某本书几个不同版本的优与劣……

有时，你还会在店里遇到和你打听同一本书的爱家，心里会怦怦直跳，生怕被那个人占了先机；随即又一转念，欣喜于遇上了一位难得的同好。二手书虽是破旧了些，有的甚至发黄变脆，但读起来却多了一份异样的乐趣。想想那些书，不知经过了多少人的手才到达你的手里，它有着不同寻常的经历。书页上有曾经的拥有者用不同颜色的笔写下的批注，其中一些联想竟与你不谋而合，不禁心中悦然。有些批注则是浮想联翩、离题万里的，却觉得甚是可爱。我总是想，那一行行的文字曾被多少人的目光抚摸和打磨过，到达我眼前的时候已经变成了一粒粒圆润光洁的珍珠，现在又要和我眉来眼去，这是何等神奇美妙的事情。

所以，去那些旧书店就不只是纯粹为了购买一种叫作"书"的商品了，而是去和爱书的同道会面和交流。这样的乐趣在高大上的购书中心是断难获得的。首先，你永远见不到老板，见到了他也没工夫搭理你，而且他也未必是懂书的人。其次，所有的服务人员都一律公事公办，脸上挂着职业微笑，却总是心不在焉，而且明显不怎么读书。有一回我问一位美若西施的姑娘有没有东山奎夷的画册，她一脸迷茫地看着我，然后回道：您说的那个东山什么的……可以去左边的地理图书专柜找一找。于是，我谢过她之后，默默地离开了。

此外，去地摊淘书又有另一番的乐趣。成都有名的几个古玩市场都有售卖旧书的摊点，所售书籍品种繁多、数量惊人，对我来说有着难以抗拒的诱惑力。我最常去的有送仙桥、罗马假日广场、玛塞城及文殊院古玩市场。

一开始我不大明白，为什么要把二手书放到古玩市场去售卖呢？待我成了那里的常客，才在某一天突然开悟——那些残损破旧的老书不就是书籍里的古玩吗？它们带着丰富的历史信息和不愿与外人述说的故事，静静地待在时间里，等待一位隔代的知音将自己带走。

罗马假日广场古玩市场离我家不远，但我更喜欢去远上两倍路程的送仙桥市场淘书。我嫌罗马假日广场这名字太西洋，和古玩、旧书联系在一起显得有些违和，而送仙桥则自带中国古典意味，很是贴合，很是增色。

去古玩市场淘书总有一种乡下人赶场的味道，因为书市大多不是每天都开，一般逢周三、周日开放，而且去的时候必须赶早，店家、摊主多在凌晨四五点钟就到了市场，有店的开门，没店的摆摊。旧书店一般店面很小，十平方米左右，书都摞成上小下大的书堆，像一株株圣诞树，整个空间显得有些凌乱。但正是这种不修边幅的天然，让人觉得自在、亲切。到店的人都是冲着书来的，浑不在意那环境是否优雅。

地摊就更不讲究了，摊主把书直接散放在地上，连塑料布都懒得铺上一块，实在是太接地气了。来淘书的人鲜有年轻的面孔，不像购书中心里，多为时尚的白领男女。来这里的多是面带沧桑的书虫，一看就是老夫子的扮相，衣着、发式都不甚讲究，也像那古玩市场里的一件旧物。

入得市场，淘书人先是背着双手在列阵般的书摊前迈起方步来，两眼在书籍上扫描，发现心仪的书籍，身子便微微前倾，继而弯腰拿起，或是就地蹲下，开始翻阅起来。若突然发现一本心仪已久的好书，眼里立即就会放出熠熠的光亮。

淘书的过程俨然就是一次发现之旅，非此中人物断难体会个中乐趣。徜徉于书阵之中，就如同美女流连于服装与化妆品之间，全神贯注、心无旁骛，即便莫妮卡·贝鲁奇着比基尼从面前经过，也断然无法夺其眼球。

经常来这里逛悠，就会见到一些淘书的常客，时间一长，见了面就会很自然地微微颔首、面带浅笑，算是同类间的一种会意，这种感觉非常美妙，总是会让人心头一热、嘴角上翘。偶尔，相互间搭上一两句话，然后各自分散，寻自己的宝贝去了。

这时，转头看见那人在书摊前背着手闲闲踱步的背影，便觉得是一幅很美的图画，就会想起文学家姚鹓雏的句子来："暇日轩眉哦大句，冷摊负手对残书。"冷摊负手，闲对残书，这确是极有古意的一帧可心的画面。

叫卖：一座城市的温情微吟

在许多大城市已经不大听得到小贩的叫卖声了，但成都的街巷里却还热闹，尤其玉林这一片，从早到晚都像在进行着一种叫作"叫卖"的非物质文化遗产展演：

盐水煮花生——，五香豆腐干儿——

菊花——金银花——胖大海哎——哟——

磨刀——磨菜刀剪刀——

声音由远及近，悠悠地在楼宇、树隙间回荡，再飘进每一个窗口里去，反复着，然后依依地渐次远去。那尾音还游丝一般地轻舞着，另一个悠远的声音又叠加上去，首尾相接，不绝如缕。

小贩的叫卖是最原始的产品销售广告，不依赖传媒，摩擦声带自己吆喝，有点自媒体的意思。古书中形容这样的声音叫作"吟叫百端"。一个"吟"字画出了声音的起伏线谱，那不是粗声大嗓的吼叫，而是带着旋律的声音艺术，轻重长短、虚实收纵，短短几个字，描述出经营范围、产品特质，还要韵味悠长，得让人觉得舒服，不吵，更得有勾起人们消费欲望的功效，那自是一套了得的本事。

各地的方言让小贩一吆喝，就有了鲜明的地域风韵。在江南，软糯的吴音可以吟出宋词的清韵：

"水红菱嘞——水红菱要吗？"

住在江南的那些日子，清早，总会飘来一个女子柔软清灵的叫卖声，那细细柔柔的声音像是雨后擦地而过的微风，湿漉漉地在小巷里回旋，然后飘挂在翘角的屋檐上，久久地荡着。我在江南待了很长的日子，乐不思蜀，是让这绵软的叫卖唱酥了骨头。我总觉得我会在某一个雨天，在窄窄的长巷里逢着那位挎了竹篮叫卖红菱的女子，而且，她正如我想象的那样，是一个丁香一样的，结着愁怨的姑娘。

而老北京的叫卖则更具艺术感。这活儿大多是老爷们儿干的，宏声大嗓，却悠然作韵，京腔里透着惯常的自信：

"吃来呗，沙瓤的，闹块咧！"

卖西瓜的一嗓子出去，声调婉转地在透蓝的天幕下打着旋儿，有京韵大鼓的韵调。那卖瓜的也像是在玩味着自己的腔调，颇有一些自得和陶醉。年少时，我在皇城根儿下住过不短的时日，那时的京城还很安静，红墙衬着瓦蓝的天，鸽群凌空划过，拖着长长的哨音。这时，绿杨深处的胡同里飘出一两声悠远模糊的叫卖，那味儿是让人忆起来也会销魂儿的。

　　但如今京城的叫卖已经变成了招揽游客的旅游项目，由一种生活形态转变成了文艺演出。而我们玉林这一片的叫卖却仍然是原生态的、活着的、川味儿的声音艺术。

　　操着川内各地方言的小贩在这里聚集，叫出不同的音韵风味来。川东、川北的，语调舒缓，尾音带着弯儿："醪糟儿——，粉——子醪糟儿——"尾音翘起，拖长，音调富于变化，旋律感极强。川南的则直接、短促："豆花儿！胆水豆花！"字字铿锵，颗粒饱满，不加修饰，朴拙自然。而成都本地的，自是柔婉亲切，如丝般顺滑："凉糕——凉粉儿——凉皮——"

　　在玉林所能听到的叫卖，基本都是独词句，直接叫出所售货品的名字，不渲染修饰，不夸耀勾引，直端端道来，率性、爽直。这是川人的性格。

　　我住进玉林是十九年前的事了，那时，有个川北口音的男子每天清晨都会在楼下叫卖发糕和玉米面馒头。他的声音实在好听，以我播音员的专业标准来衡量，这也是难得的一把好嗓，有金属般的穿透力，感觉他只是轻轻一张嘴，声音就能"打远儿"。

我总是想，他要是普通话标准，语言感觉好，都可以推荐给电视台为纪录片配音了。倘是玩声乐，演绎华丽抒情的意大利拿波里民歌，当不在话下。

但从我的花影楼上看不到他经过的那条小巷，我便不曾见过他。我猜想，他该有四十多岁了，这些年风雨无阻地叫卖，断然不是为了炫耀他的"中国好声音"，而是为了养家糊口。他多半会有两个孩子需要供养，学费多贵呀！他一刻也不能松懈。近些年来，能渐渐听出他声音里的一丝疲惫，中气也有些不足了。人如同机器一样，总是要变旧的，我们真是一点办法也没有。

前段时间我上夜班，凌晨两三点才能入睡，但清早他一嗓子就会将我的梦境挑破。保姆心疼我，就对着楼下一通斥责，叫他别再清早吆喝，扰人清梦。我便赶紧制止，说大家都是在讨生活，不容易的，都别相互为难了，我可以换个房间睡觉的。

自那以后，就再也没听到过他的吆喝了，这让我心里愧痛。是我毁了他的营生还是他遭遇了什么不测？我总是企望着他有好的归宿，现在他的孩子应该都已长大自立，或许接他享清福去了。我常常这么想。

据说，玉林曾经是成都最早的富人区，但富人后来都去郊外住别墅了。富人要证明自己是富人，首先就得与一种叫作"市井"的生活划清界限，要把小贩的叫卖声屏蔽在高墙之外，因为有品质的生活必须是清净雅致的，只能有鸟鸣和富家子弟练琴的声响。

而我却总是迷恋飘荡着叫卖声的世俗生活,即使哪天侥幸发迹了,也还要住在玉林这样的地方,它充满了人间烟火的味道,是"生物多样性"的样板。小贩的叫卖总是把真实的日子味儿送进户牖,提醒着我们人生之苦乐。这叫卖是嚷嚷市声中最动听的声响,是一座城市温情的微吟。

"收——旧家——具——哟——,收——废报——纸——"

在花影楼埋头读书,忽地传来一声吆喝,我瞬间回到现实,想起家里有一大堆不要的旧书刊可以换点小菜钱,就冲着楼下大喊一声:

"喂——等到,卖废纸!"

只因去买酒,顺便看梅花

清晨临窗,发现一夜大雪已然统治了青城后山这片葱茏的山野。拉开门扉,积雪顿无依凭,便瘫落于堂室,洒铺了一地。

这山里,每年深冬都会有一场瑞雪,今年来得稍晚了些,却是罕有的猛烈。我是头一遭见着这暖国的雪竟积得有半尺之厚,连绵青山遂为之一夜白头。刚刚都还层峦丰腴,像有些婴儿肥似的,转眼便寒索清瘦起来,如是国画里的"秀骨清像"。

若不是大雪封门,我是不舍得将积雪清除掉的,就如同不忍心切开一个漂亮的生日蛋糕。犹疑半晌,又拍了无数的照片,才极不情愿地挥动起铁铲来。

午饭刚过,景容兄私信问我,山里是否下起了大雪?我便故意馋他,说据传城里也例行公事地飘了几粒,而我们山中却是铺天盖地、横无际涯。他的心瞬间便乱了,说山中正大雪,能饮一杯无?我回说,如此雪日,正宜闭门把盏、围炉话旧,自是盼君早来。

这就转去厨间起了锅灶，煨上一陶釜的萝卜牛腩，又掩了门扉，踏雪出门，去坡下村里的集市上打些土酒回来。

集市距居所二三里地，在河滩的一处平坝之上。沿山路蜿蜒而下，四下里无有人迹。雪铺满了山道，如棉被，绒绒的，嫩嫩的，总有些不忍下脚。犹豫半晌，还是顺了山鸡的爪印蹑手蹑脚穿过一片密林，枝上忽起一声寒鸦，雪瀑便自树梢倾泻而下。

出了林子，集市便已清晰在目，那是依托一段老街兴起的小型市场，我几乎隔日便会去那里采买一番。

离陈幺叔的酒铺约莫丈许，风便捎来一缕酒的微馨。陈幺叔见我拎个酒壶，就躬身迎出户来。自从住进山里，每遇客至，我便会上幺叔的铺子去打酒，一来二去便自然熟络起来。

幺叔早年做过木匠，走村串户打家具、建房子，老婆却嫌他挣不来大钱，带着儿子出山去了，婚也没离，却是多少年没有一丝音讯。幺叔是个老实人，勤快寡言，心里憋屈却又不愿与人言说。到底不是什么光彩的事，就只爱找我这个外乡人絮叨。他敬我是城里来的文化人，又不嫌他身份低微，就总爱跟我说一大堆掏心窝子的话。每次我都陪他喝酒，一喝就醉得不省人事。

好在那老土窖里酿出的酒不会上头，睡上一宿也就神思回转了。那酒口感也极醇厚，尾子尚有些回甘，在我看来赛过好些昂贵的牌子货，家里也就从不贮酒，友人来访，便去幺叔的铺子里现买现喝。

酒铺里摆满了大大小小的酒缸、酒坛和酒瓶，形状古拙，釉色沉浑，密封盖用红绸包裹，颇有几分古意。幺叔揭开盖子，将竹筒提子伸进缸里打酒，然后倾入漏斗，将我的酒壶灌满。瞬间，酒香便在屋子里恣意地弥散开来。

幺叔照例只收成本价，说赚谁的钱也不能赚我的，还说后山开酒坊的是他远房的侄子，窖池是祖上传下来的，窖泥也是老"资格"的古董。幺叔每次都要说起这些，这大概是他唯一可以拿出来说的事了。

出了幺叔的铺子，雪下得更紧。这当儿，景容又来了微信，问我此时山里"寒梅著花未"？我便想起早前村人的话来，说沿山溪东行二里可逢着一片梅林，于是择了另一条山路折返，绕道过了溪桥，顺便去看一看雪中的梅花。

此时，山道已有村人行迹，变得湿滑起来，我便信手拾了木棍为杖，将酒壶悬在了腰际。

距梅林尚有百余米，便有暗香浮动。忽觉出"踏雪寻梅"确是一桩风雅的事情。早前听人讲起，那种梅的人是退休的乡校教师，唤作王四娘的。我便寻思，若是姓黄该是更妙了。"黄四娘家花满蹊，千朵万朵压枝低"，那是何等的应景。便在心里当她就是古诗里的黄四娘了。

果然，"黄四娘"家篱院内外都满拥着黄澄澄的蜡梅，雪压枝头，却开得分外热烈，正所谓"皎皎素洁，凌寒吐蕊，幽香袭人"。恰是此时，柴扉开启，女主人正欲冒雪出门，见有客来，便笑意浮面。知我是来看梅的,她也就并不多问,转身引我进了梅林。我如是入了画中的美景,穿行流连,不忍离去,随手拍下许多照片,并赶紧选发一组给景容兄欣赏。

正此时,"黄四娘"又在前头唤我,我便趋步绕至房舍的另外一侧。却不料,那里竟还有一大片的梅林,却非素洁的蜡梅,而是红红的艳朵,乃早发的红梅。那密密的一片,凌寒盛放,衬在皓洁的雪色里,红艳艳耀人眼目。我瞬间惊而呆立,不能言语。

蜡梅未凋,红梅又放。这二梅竞艳,更逢大雪做幕,此等美事在这南国的山林间怕也是百年难遇了,我竟幸而得见,不禁莞尔。此时,景容兄回复微信,说我是要径直"浪漫到老"的节奏。我便回说,此与浪漫全无关涉,"只因去买酒,顺便看梅花"。

我又转身去问"黄四娘",缘何手植这许多梅花?她笑而不语,剪下数枝梅,欣欣然捧送与我,又对我吟了两句打油旧体,道是"四娘姓王名雪梅,严冬雪里梅最美"。到底是做过教师的人,说出话来自是有些腔调的了。

回返家中,将二梅插瓶,置于几案,再生一盆炭火,屋子里便暖和了起来,梅香也袅袅散开。我半卧于榻,随手翻开一册宋词,慢慢玩读,静待友朋踏雪来访。

却是不料,我竟让那屋里的暖意与暖香熏醉了过去,醒转过来已是黄昏时分。南山的古寺传来渺远空寂的晚钟,山僧正欲晚祷,鸟雀渐次归林。雪就快要融了。

正奇怪,已半晌工夫,景容兄竟也没有一点消息,想必是大雪封阻，山路难行，故而迟延。恰此时，山腰处突然车灯映雪，缓缓前移，像是飘漾于山间的一朵萤光。少顷，两贴模糊的人影便沿了小径歪斜着奔我的寒舍而来。

随景容兄同来者何人？天暝难辨，却当正好，今宵可三人围桌聚饮了。忽忆起清人何钱的句子来，便道是"小几呼朋三面坐，留将一面与梅花"。

此境甚妙。

第三辑 >>

信有 山林
在市城

XINYOU

SHANLIN

ZAISHICHENG

杜甫草堂

每次去杜甫草堂天气总是有些不对，不对不是不好，天气是好的，晴空万里，阳光明媚，不对是调子的不和谐，与园子有点"隔"。园林的调子我以为是比较暗一点的好，清寒瘦冷，至少不能是响亮的暖色调，金光灿烂，尤其是杜甫草堂，更应该是阴翳的，那便恰合了那人的心境。杜甫是沉郁的，忧思萦结，而李白，气氛就要欢快得多，李白是飘逸的仙人。

等了好几天，终于下起雨来，杜甫式的春雨，"润物细无声"的那种，"细雨鱼儿出"的那种。我就在那似有若无的春雨中去了草堂，闲闲地晃荡在那些杜甫诗的意境当中。我很少去那两组纪念杜甫的祠堂，我喜欢杜甫几十年，太了解他了，不需要去那里看他的生平简介。我总是长时间地在他的茅屋旁徘徊，我老有一种错觉，我想我很有可能会在某个黄昏逢到喝得翩翩倒倒归来的杜老头子。

近些年才复原的那座草堂，我觉得是不错的，就像是杜甫当年住过的那几间草房，简陋而实用，设计者很有想象力。杜甫就

第三辑　信有山林在市城

在这样的茅屋里住了近四年的时间,生活尽管艰难了些,但却是他飘零生涯中最为安定、恬适的一段日子。

那是公元七百多年,杜甫的命运发生了逆转,跟许多古代知识分子一样,他总爱多嘴,好像是上疏谏事触怒了龙颜,所以也逃不脱这类人普遍的命运,那就是降级处分。正好那时又遇安史之乱,关中大饥,杜甫一冒火就不干了,携家带口,一路西行,流寓秦州(甘肃),而后南下入蜀。得严武等友人的资助,在成都风景秀丽的浣花溪畔建起了这座草堂,得以安身。那时,老杜的政治理想已经彻底破灭,常借诗酒遣怀,也悉心感受宁静、悠闲的田园生活,倒也自得其乐。

"老妻画纸为棋局,稚子敲针作钓钩",这是难得的天伦之乐。杜甫好酒,还常邀村叟同饮,和邻居搞得一团和气:"肯与邻翁相对饮,隔篱呼取尽余杯。"杜甫酒兴一起,便大声叫道:"张大爷,过来整几杯哇?"——可能还学了几句成都话。张大爷应着:"要得,要得,就来!就来!"吱嘎开了柴扉,就笑吟吟地过来了。现在,草堂故居大约五十米远的地方还真有几间歪歪扭扭的茅草屋,大概是按照杜甫诗中的描写恢复重建的邻家房舍。门前有一口不小的水池,四周是浓密的竹树。那多半就是张大爷的家。

我觉得重建这几间被称为"草堂南邻"的茅屋是很聪明的做法,这是对当时生活场景的再现,一千多年前杜甫的乡居生活一下子在我们眼前生动起来,因为我们不仅听到了唐朝的风声、水声、鸟噪、蛙鸣，还听到了杜甫与邻翁的对话，以及他们的咳嗽。我相信，他们就是生活在这样的环境中的，清流环绕，绿树掩映，蛙鸣鸟啼，花开不绝，一派田园诗意。有钱的雅士精心营建的园林意境当然是美的，而贫寒的诗人借助自然风物创造的乡居意韵也别有风味。杜甫是玩味风物的高手，抬眼观景，落笔成诗。

患气经时久，临江卜宅新。
喧卑方避俗，疏快颇宜人。

《有客》

去郭轩楹敞，无村眺望赊。
澄江平少岸，幽树晚多花。

《水槛遣兴二首》其一

清江一曲抱村流，长夏江村事事幽。
自去自来梁上燕，相亲相近水中鸥。

《江村》

已知出郭少尘事，更有澄江销客愁。
无数蜻蜓齐上下，一双鸂鶒对沉浮。

《卜居》

在这一时期的诗歌里，我们可以发现一个完全不同的杜甫，他不仅是为苦难众生呼号的义愤之士，更是个懂得享受人生乐趣的邻家老伯。他使整个唐朝的成都都活在了他的诗篇里。有一位名叫葛立方的宋朝人说过这样一句话："草堂之名，与其山川草木，皆因公诗以为不朽之传，盖公之不幸，而其山川草木之幸也。"流寓成都的杜甫是不幸的，但成都的山水却因他而着染了诗意，有幸成为一方有文化内涵的山水。

草堂建成之后，杜甫曾向友人索要了一些他喜欢的花草树木植于房前屋后，有桃，有梅，有竹，还有楷树、松树，他尤爱松树，曾手植四株。唐广德元年（763年），杜甫为避徐知道叛乱，暂别草堂，流离梓州和阆州。那期间他曾写诗抒发对草堂和那四棵小松树的怀念之情："尚念四小松，蔓草易拘缠。"但后世重建草堂的时候这个细节被忽略了，我绕舍一周，只看见两棵蔫兮兮的幼松种在园圃之外，而四周的竹子却茂密参天。种那么多竹子干什么？明明知道杜甫是爱松而恶竹的："新松恨不高千尺，恶竹应须斩万竿。"说得很明白。尽管只是比喻，但竹也不宜过多。望江楼的竹多，那是切题的，薛涛爱竹嘛。而草堂的景栽植物以梅为主打，尽管跟杜甫关系不大，但很成气候，算得园林精彩的一景，也着实不错。

我坐在草堂茅屋前一座小桥的木栏杆上看水。水是春水，并不清澈，却蕴含着一种躁动的情绪，兴奋地昼夜奔跑。这是一汪好水，引自园外的浣花溪。在风景秀美的地方，溪水好像流连起来,甚或干脆停下不走,挤挤拥拥,成为一池,或作一潭。而风景平淡处,溪水匆匆而过,脚步声唏哗作响。园子里有一汪活水是难得的,成都的园林少有这样的活水,活水会使园子也活起来,像爱喝水的女人,肌肤润泽、水灵。苏州的沧浪亭就是引了活水入园来,它的围墙也是水做的。沧浪亭因水而灵秀妩媚了,草堂也因水而灵秀妩媚起来。

水是可以造景的,细细瘦瘦的一缕,蜿蜒着,溪边随意地扔几块山石,几棵野花闲草垂到水面,便是一景;宽阔水面,或植睡莲,或养莲荷,红鳞戏水,岸柳照影,又是一景。园林中的借景大约是有两层意思的,一是可以将实实在在的景物因借过来,一是将虚无缥缈的东西因借过来。声音是可以借的,水声、风声、鸟声,还有蛙鸣与蝉唱都可以借来一用。美景可以诉诸视觉,也可以诉诸听觉,甚至诉诸嗅觉的。齐白石有一幅很有名的画叫作《蛙声十里出山泉》,蛙声是画不出来的,但画面的意境让你仿佛听到了悠扬的蛙鸣,这景更有了纵深感。花香也是景,它给人一种时序感,成为一个虚无缥缈的大背景。这些都全方位地作用于人的感官,构成一幅立体的图画。这图画就是景。草堂的水声是一幅听得见的画、看得见的景。

草堂是一座别致的园子,它既有简陋清雅的乡村院落,又有严整工稳的纪念祠堂,而它们被一条主线统一在了一起,这就是杜甫不朽的诗魂。缅怀,是飘荡在这座园子里一首悠远的主题曲。如果说武侯祠是一部传奇小说的话,那草堂便是一首抒情的长诗。这是一座有诗意的园子，却又洋溢着世俗的欢乐气氛。草堂的纪念性建筑群和任何一组纪念性建筑一样，照例是建在一条中轴线上的。进大门，过石桥，便是"大廨"，"大廨"是古代官员办公的地方，但却建成了一座敞厅，体量不大，朴素而随和，全然没有板起面孔的庄严。后面是"诗史堂"，同样平易谦逊，像杜甫的品格。再后面是"柴门"和"工部祠"，"工部祠"的屋顶为硬山式，门厅并不宽大，左右是两座船舫形的建筑"恰受航轩"和"水竹居"，围成一个小小的院落，像极了某个有一定经济实力的普通人家的庭院。这组建筑工艺上都不事雕琢和过分考究，墙和立柱多用黑色与白色，有四川民居的风味，让人觉得亲切。因为杜甫就是一介布衣，他生活在民众当中，没有身居庙堂的官气，他在严武的幕府中只做过小小的"检校工部员外郎"，在朝最高也只做到了"左拾遗"，他多数时间是我们隔壁好脾气的杜大伯。

草堂建筑群的东侧是草堂寺，杜甫刚来成都的时候曾寄居于此。"古寺僧牢落，空房客寓居。故人供禄米，邻舍与园蔬。"看来大家对他很是不错。草堂建成后，杜甫和这些邻居还时常走动。草堂通往寺院的路旁种满了各种花草，杜甫在诗里称这条路为"花径"，他们相互串门时大概都要经过这条"花径"的。"花径不曾缘客扫，蓬门今始为君开。"很有诗意的一条小径，鲜花夹道，暗香萦回，但现在小径旁却竖起了两道红墙，不知是什么朝代的建筑，意境已是荡然无存，让我十分伤感。其实复制一条

"花径"是很容易的事,可为什么这么多年来就没有人肯去花一点工夫将那意境寻找回来呢?

我又去看匾联。我游园和别人大约是有些不一样的,我沿着一条路线行走,一般只看一样东西,比如,看水我就只看水,顺便观照水边的景物;看建筑时就只注意建筑和与建筑有关的东西。所以我在一座园子里常常要晃荡无数圈,走走停停,从早待到晚是经常的事。一座园子逛了三五遍之后再做一次"综合"的欣赏,收获就会很丰盈。今天闭园之前我想再好好看看草堂的匾联。

我记得楹联这东西就是"成都造"产品,大约肇始于五代的后蜀,专利属于后主孟昶。某年除夕,他命一学士(记不住名字了)题写一对桃符板挂于宫门楹柱之上,那学士便遵命而为,但孟昶觉得很不满意,就自己亲拟了一副,这就是著名的"新年纳余庆,嘉节号长春"。随后,这种形式便流行开来,并长盛不衰。而园林中的多数建筑上都挂有楹联,特别是那些主要的建筑物上,如若没有楹联,简直就等于盛装晚宴上贵妇人脖子上没戴项链,那是不成体统的。

纪念性园林的匾联,其内容多是对被纪念者功绩的颂扬,偏于理性,而草堂的匾联则有很大一部分是从杜甫诗意化来,感性成分居多,也便更加优美了,其中有好多都是我所喜欢的。正门楹柱上悬挂的那副对联就直接取自杜甫的诗句:

第三辑　信有山林在市城

万里桥西宅

百花潭北庄

此联悬于正大门的两侧，开门见山，点明草堂的位置，显得十分恰切。此联是清嘉庆十六年（1811年）重建草堂时，由四川按察使、成都知府曹六兴所书，后遭损毁，现在这副则是由著名画家马公愚先生于1964年补书。马先生之隶书，工整稳健而不显拘谨，堪称诗、书双绝。

悬于"大廨"的那副楹联也是我所钟爱的，由清代学者顾复初所撰：

异代不同时问如此江山龙蜷虎卧几诗客

先生亦流寓有长留天地月白风清一草堂

亦取杜甫诗意，叹杜公怀才不遇、报国无门，然虽流寓半生，却幸有草堂传世。子远（顾复初字子远）与杜公境遇相似，乃借此自况，发心中之幽怨。子远此联笔意洒脱，意蕴深远，缅念杜公，一唱三叹。

悬于工部祠楹柱之上的那副楹联也是不可多得的佳作：

锦水春风公占却

草堂人日我归来

此联出自清代诗人、书法家何绍基之手。何绍基时任四川学政，清咸丰四年（1854年）人日题于草堂。联语称叹杜甫将锦水之畔的美景都囊于诗中，传于后世，又借杜甫高适人日唱和之典，表达对先贤的景仰与追怀。用"归来"自喻杜甫知音：人日游草堂，"我"将与先生隔着悠悠千载岁月一唱一和。

还有多处匾额也甚是绝妙。"柴门"，取杜甫"野老篱边江岸回，柴门不正逐江开"句意；"水槛"则出自杜诗"新添水槛供垂钓"之句。此外"水竹居""恰受航轩""花径"等也都出自杜甫诗句。

我慢慢地品味着这些意蕴深远的匾联，心里满是愉悦。匾联是园林景点的点睛之笔，好的匾联能使景点的意境得到很好的提升。自然山水固然不错，但经那妙笔点化的自然山水更因此变得意味深长了，人文景观也会忽而意境顿开。

我以为，懂得玩味生活是一个人最重要的本领，杜甫虽贫寒，却能将山水风月尽揽入怀，有着名士风流；草堂虽不及私家园林的精致与典雅，却如名士般淡定从容，淡是无涯色有涯，味道恰在那个"淡"字上。不刻意就从容。

雨停了。反而有风。一些花瓣纷纷而下，在溪水上漂浮。几个孩子争先恐后地将它们捧起，然后又抛回水面。他们可曾知道那花瓣是一些唐诗的落英？

武侯祠

今年春上我第二次去武侯祠的时候，桃园里的桃花都已经开过了，枝叶绿起来，而满地的落英凌乱地铺开，像一场盛大的开幕式之后那一地的彩纸碎屑。我突然觉得，刚刚被我错过的盛大花事就是为春天举行的一场隆重的开幕式。作为春天的嘉宾，我来晚了，有些失礼。

我真不是有意要这么干。今春第一次来赏花的时候，满园的桃枝都还光秃秃的，细看才能辨出黄豆粒大小的骨朵儿，它们正在酝酿着一场花事。我笑自己有些心急了，就想一定要等到桃园里桃花满树、灼灼其华的时候，再来看它的"妖"。没想到，我在俗世里才一愣神儿，一个美丽的时节就已经远去，它像女人的青春那么短暂，这多少让我有些凄然和心痛。其实，没有人能够证明刘关张桃园结义的时候桃花就一定是开着的，但谁又不觉得应该是开着的呢？

桃园里只有一树红叶桃还正当年华，对着刘关张的雕像暖洋洋地开着，仿佛是为那些真心赴宴却又无奈迟到的客人特地留下的一道热菜,我就很感激、很抱歉地享用起来。其实,要说看桃花,去龙泉更好,满山遍野,不可思议地多,像春天的"粉丝"聚到一起,挥舞着粉色的荧光棒。但我喜欢的是有故事的桃,桃园结义的桃,刘关张的桃。尽管武侯祠的桃林是后人根据那段故事附会出来的,但恍惚间就是那么回事了。那段故事是中国历史上的千古佳话,那些花儿是开在中国文学史上的妖艳春桃。

园林里的一草一木都是有说法的,它们已经不仅仅是植物了,因为它们被人赋予了某种意义。我这次来的时候就直接从武侯祠的侧门进入,去看园子,看园子里的花草,不像以前那样自正门进入,沿中轴线过二门,看刘备祠、武侯祠,然后三义庙、结义楼,在那些高大肃穆的祠堂和塑像前作沉思状,回溯历史,缅怀先贤。武侯祠毫无疑问是中国纪念性园林中的优秀分子,更是规模最大、保存最为完好的三国文化博物馆。但就园林而言,还是祠堂的陪衬,是内容的附庸。所以我觉得,纪念性的园林是不能和私家园林相比较的,它们建造的目的就完全不同。

由中轴线贯穿全园的纪念性园林,其祠堂、庙宇当然是坐北朝南呈纵向分布的,武侯祠的园林部分紧邻其左侧,也是呈纵向分布。一弯曲水自北而南,将界限划分得很是清楚。祠堂区(又被称为文物区)的庄严有点像《新闻联播》,无论如何加不进去半句抒情和幽默的话,而园林区则像是文艺节目,轻松而活泼,庄谐之间颇有趣味,而两区之间又可以相互沟通,气氛便柔了起来。

我对三国的历史是有兴趣的,却不大想去研究武侯祠的历史，它自建造以来有一千多年了，其间又屡毁屡建，现在的武侯祠都不大说得清到底是什么人建的。如果我没记错的话，它们应该多数为清人的作品。明末战乱中，武侯祠亦遭焚毁，清代是依据明代的整体布局在原址上重建的。从祠堂建筑的角度来讲，没什么可多说的，哪儿都差不多，大同小异。而园林部分却能看出个性。

在三义庙左侧，过一小桥，有座精巧的小园，半隐在浓阴之中，却依然显眼，像是一幅古画上印着的那枚闲章。这便是"听鹂馆"，一看就知道出自杜甫《蜀相》诗"隔叶黄鹂空好音"之句，但它的功能却与黄鹂没有一点关系，门楣上的联语点出了它的功用："馆驻汉家云，九曲盆梅华灼烁；庭招蜀地月，四周奇石影玲珑。"事实上，这是一个盆景、奇石的收藏与展览馆。

每次我走进大门的时候都会放缓脚步，让画面缓慢展开。这是一个被粉墙包围的小巧庭院，沿围墙建有一条连续的单面回廊，回廊和中间正厅里都摆满了各种奇形怪状的石头。正厅横额上高悬一块牌匾，上书"群玉之圃"四个字。我很喜欢这个说法，馆内奇石好像都不是搜罗于四海之内，而是这苗圃般的园子里种花种草那样种出来的。园林的趣味有时就在这仿佛不经意的机巧之中。

"听鹂馆"内还凿有一条小溪，水自园外引入，在园里沿回廊绕了一圈，形成一个"口"字形状，再加上回廊和正厅围合而成的那组"口"状建筑，听鹂馆的平面图便像极了一个标准的"回"字。这个设计是不俗的，它给人一种强烈的形式美，而且沿着回廊观赏奇石的时候，旁边似有若无的流水声总也伴随着你，像是一种流动着的背景音乐。那小溪的两岸还植有许多花草，摆放着各式盆景，园中大树参天蔽日，构成清幽雅致的庭院景观。

这便有了一些私家园林的趣味了，相当于私园中的园中园。在私家园林中，园主总会辟出一个类似"听鹂馆"这样的小园来放置和展示他的收藏，这是关乎品位的大事，它能增加园林的内涵。我总是觉得这样的小园本身就是一件精美的艺术品，它像是园主极其珍爱的一件案头清供。

"听鹂馆"的左侧开有一道小门，通往"听鹂苑"。"听鹂苑"是个小巧的盆景园。我进到"听鹂苑"后回过头去看那道门，黄石拥立，竹树掩映，就像是一件超大型的盆景。盆景也是园林的一大构件，是表现主人情趣与品位的场所。如果说园林是微缩的江山，那么，盆景就是写意的风景。"听鹂苑"的盆景品种繁多，我大致归了一下类，有川派、苏派、浙派、徽派、通派和岭南派，各派佳品荟萃，品位着实不低。我对盆景艺术的研究并不透彻，不能深谙制作的技法，但欣赏一下倒还是可以的。

我继续往前走，发现一道弧形的围墙，森森然有王者气。我这才意识到，里面该是"惠陵"了，"惠陵"便是刘备的墓。刘备仁慈爱民，以仁惠治蜀，故称"惠陵"。以前我没走过这条路，这回倒有了一个新的发现。但"惠陵"我是看过若干回了，便又绕到东面的荷花池去看那里的古建筑。

荷花池这时不大好看，尽是些枯垂的干荷叶。若是在盛夏就好了，荷花荷叶模样都好，微风一吹，摇头晃脑地讨好游人，倒像是家里养的宠物。就是秋天，景象也好，特别是深秋，有萧索之美。忽想起几句元人的词句来："干荷叶，色苍苍，老柄风摇荡。减了清香，越添黄。都因昨夜一场霜，寂寞在秋江上。"但眼下是春日，真叫个不合时宜。员工正在打捞残枝败叶，水面渐渐干净起来，为即将到来的夏日的繁荣腾出地方。

盛夏，在四面的建筑里都可以赏荷。北面的桂荷楼便是赏荷的最佳位置，这是一座重檐歇山顶的楼宇，它的飞檐翘得并不高，整个建筑也给人稳重敦厚之感，呈现出北方建筑的特点。但相对于并不阔大的池面，桂荷楼的体量显得大了一些，而游廊的一排立柱看上去又太过细瘦。

西侧为一船舫，很是精巧，体量适度，进出船厢的两个圆形木门也极有特点，一眼看去就觉得像是一条船。船舫靠近池边的廊子上有一排美人靠，侧身扭头赏荷时，会让人的身姿显得格外优雅，特别是那些年轻而又美丽的女子。

从园林布局上讲，亭宜远观，方能显出它的身姿，所以多数时间亭被放置在较为开阔或者地势较高的地方，而且与其他建筑结合的情况也不是太多，它总是特立独行、亭亭玉立，成为点景之设。武侯祠的另几座亭子——映红亭、春熙亭和秋波亭就是不错的例子。它们是观景的地方，而其自身也是很好的一处景观。

我又沿着那条溪水往北缓行，溪水细细瘦瘦的一股，似乎不动，不大看得出流向。但过了三义庙，它又忽地肥硕起来，形成一潭，许多花儿都聚到水边来照自己的倩影，其中几株垂丝海棠尤其漂亮。武侯祠的海棠是很有名的，每年都搞"海棠闹春"的活动。我上次来，满园海棠放肆地在枝头喧哗，贴梗海棠红灿灿一片，气势很壮。眼下，热闹过了，还有少许的垂丝海棠在水边顾影自怜，那花儿白中略带粉色，不如贴梗海棠那么显眼，像是一位有些害羞的半大女孩，我倒是蛮喜欢它的含蓄与幽怨。

我又随意地乱走。游园有时就需要这样漫无目的地信步。读一座园子，第一次是可以按照约定俗成的游玩线路去把握整体的，第二次第三次便可以信马由缰地走，就能玩味细节了。

在桃园以北，小溪旁耸立着一组假山，山体高大，形状天然，是用川内所产的钟乳石构筑的。多数人可能更喜欢太湖石的假山，我也喜欢，但我以为钟乳石的假山又是另一种味道。这种石材石质较为疏松，易于苔藓和矮株植物生长，时间长了，它简直就像是自然的景观，江南园林惯常使用的太湖石没有这种效果，而有另一种趣味。宋代书画大家米芾用了四个字来概括太湖石的身形，那就是"瘦、漏、透、皱"。瘦，显得骨感美，灵巧有风骨；漏，石有孔穴，显得气韵畅通；透，有剔透之态；皱，是指变化与层次多样，像是抽象派的雕塑。

这两种石头各有妙处，我都喜欢。石，在园林中是山的代称，叠石是一门专门的学问，需要极高的技巧。在明清时代，叠石的匠师是很受尊重的，他们有着较高的社会地位，这也说明石在园林当中所起的作用不小。园林中若没有了石，就好像是没有了骨骼，而富有匠心的叠石会让园林显得柔而不软、媚而不嗲，它使园林脊梁挺拔。石，在山中、在溪畔就是石头，放在案头和园中便成了"品"。

我又朝着位于祠堂区最北端的结义楼走去。我想沿中轴线自北而南再看看祠堂区。以往我精力多集中在祠堂建筑上，没太在意周围的环境，这回却发现祠堂间的那些柏树竟然是那么的瘦小，全然不是杜甫所言"柏森森"的气象。我记得杜甫在《古柏行》中有这样的句子："孔明庙前有老柏，柯如青铜根如石。霜皮溜雨四十围，黛色参天二千丈。君臣已与时际会，树木尤为人爱惜。云来气接巫峡长，月出寒通雪山白。"与之相比，现在的柏树简直就是树苗了。我绝望地想，等这些柏树蔚然成林的时候，我可能早已不在人世了。

柏树是我很喜欢的树种，《论语》中说："岁寒，然后知松柏之后凋也。"它四季常青，象征长久与繁茂，古代帝王的皇家园林和墓地都无一例外种有柏树，那种森然的景象能够营造出庄严肃穆的氛围，也寓意王朝兴盛、代代相传。我在想，除了柏树，还有什么树可以配得上那功高盖世、名垂青史的诸葛孔明呢？

我走出武侯祠大门的时候已经快要闭馆了，游人都已散尽，一些工作人员开始打扫庭院，"哗哗"扫地的声音使这座空空的园子显得更加幽寂，而几步之遥的大门外，却车水马龙。此时，一道斜阳将那些古老建筑和现代建筑的屋顶镀上了一层金黄的色彩。一时间，我竟不知今夕何夕。

望江楼

我总是将游园称为"读园"。我觉得只在园子里游走一下是不能真正感受园林的,在游动中慢品它的滋味才是游园的高境界,所以得"读"。读园像读书,读书是一个人完成的,两个人或者多个人在一起怎么读书?那是讨论作业。所以我是不会邀请任何人同游的,也会谢绝任何人的邀请。

去望江楼的时候,管理处的朋友很热情地陪同,还请来一位导游小姐为我解说,我都婉拒了。游园是你和一座园子的灵犀隔着时空的对话,是不需要第三者夹在中间的,何况为我解说的还是一位美丽的女子,怕是整个游园的过程我的心思都会放在她的身上了。

我就赶紧跟他们握手告别,然后退回到公园大门口,重新开始读园。

望江楼以竹开篇,一条平整的直道两旁拥满了翠竹,阴翳着,调子忽地幽了。旁边的景物都被障住,只能往前面望去,前面竟也有一巨物障着,是一座假山,下面环以椭圆形水池。假山上几株姿态奇异的小树枝叶繁茂、横逸斜出,草和苔苍翠了它的面容,看上去像是一个大型的盆景。这个设计是聪明的,这假山的功效类似一座照壁,但照壁放在这里就太过庄严了,望江楼是为纪念薛涛而建的,薛涛是才情激荡的诗人,更是一代红粉,红粉诗人都不大喜欢庄严。于是,障景也便温山软水起来。

障景是审美上的需要,中国人的审美趣味是含蓄的,园景的设置就不会像西方园林那样让人一览无余,通常是欲扬先抑、以隐为显的,这样才婉转,才有了韵味。中国古人很钟爱一样东西,那就是"屏",屏是障景之物,障景的目的是要让即将展开的画面先藏起来,要让你在几经周折之后才能获得,它使探访美景的过程本身也充满了趣味。我记起来了,《红楼梦》中就有类似的描述,大观园告竣,贾政便领了宝玉等人入园游玩,开门进去,"只见一道翠嶂挡在面前。众清客都道:'好山,好山!'贾政道:'非此一山,一进来园中所有之景悉入目中,则有何趣?'"这就是障景的妙处。

望江楼的这座假山和后面的桂树林以及参天的银杏真的把最经典的美景给隐藏了起来,只有望江楼(又称"崇丽阁")高高的尖顶显露出来。绕过假山和桂树林,眼前豁然开朗,一组精美的古典建筑分列于薛涛井的四围。它们大多是清代的建筑,但这些建筑却不是一次性建成,也没有整体的构思,是后代的人在前人建筑的基础之上再行增建的,像是诗歌接龙的游戏,你写出第一句,我顺着第一句的意思写出第二句,他再接第三句、第四句。望江楼终究是"接"得不错的,整个布局显得匀称,既不过于壅塞又不过分疏旷,错落随意,开合有致。

这里是望江楼公园的精华部分,一道红墙将这组建筑围了起来,形成一个园中园,爱搓麻的人一般不会到这里来,便更显得幽静了。我很是喜欢薛涛井后面的那段围墙,它弯曲的线条有些像女子柔软的腰身。围墙上没有开漏窗,漏窗是要将墙那边的景物漏过来,但墙那边的景物不美,漏过来反要煞了这边的风景,还会将人们的喧嚷也一并漏过来。但没有漏窗的墙就显得太实,墙面上什么都没有,空着,便呆板、单调了。于是在墙上镶嵌许多石刻,内容是一些颇有意境的诗画,黑的底,白的线条,素素雅雅地描上去,刻出来,很有古意。

墙的外面都是竹,密密地将整个小院围住,阳光被裁成了碎片,风却大片地进来,潇潇然作响。我坐在红墙根儿下听了一会儿竹,想起薛涛就是爱竹的,早年读过她的一首五律《酬人雨后玩竹》,很是佩服,全诗不着一个"竹"字,却书写出竹的风姿与气节,这诗现在我都还记得,便轻声地吟出口来:

南天春雨时,那鉴雪霜姿。
众类亦云茂,虚心能自持。
多留晋贤醉,早伴舜妃悲。
晚岁君能赏,苍苍劲节奇。

薛涛是清雅脱俗的女子，爱竹当是自然。竹无艳枝，远逊百花，而萧杀严冬，却翠枝傲霜，清奇高洁，风骨凌然。薛涛爱其虚心自持之品格，更慕"竹林七贤"的隐逸洒脱，以竹自况，意蕴高远。薛涛真乃千古难得的奇女子，她才情横溢，却命运多舛，沦落伎坊，而又洁身不染。一千多年了，人们不曾忘记她，便广植翠竹，以慰其灵。

但说来也怪，薛涛是从不曾在此居住的，也未与此地发生过一丁点的关系，而这里却成了纪念薛涛的圣地，还掘有薛涛井一眼。事实上，那眼井是明代蜀王为仿制"薛涛笺"而命人开凿的。薛涛笺是薛涛所创制的一种淡红色的小幅纸笺，用于书写短诗。薛涛在世时，薛涛笺就已被视为珍品，唐以后，历代多有仿制，至明代已成为供品。明代蜀王在这里凿井汲水制笺之后，人们便误以为那是薛涛汲水制笺的地方，遂建造楼台亭阁，凭吊起这位红粉佳人来。

我在想，后人未必就真的不知道这是一个误会，只是他们不愿意说破，将错就错而已。薛涛生前住在那里？死后葬于何处？是否在此汲水制笺？这些都一点也不重要了，人们要寄托的是对这位女诗人的崇敬之情，正如清人李尧栋所说："登览者勿泥其地焉。"若是太过较真，就真的煞风景了。

围绕着薛涛井而建造的那一组建筑我以为是很不错的，无论是形制还是功能，都没有重复的。主楼是锦江边的崇丽阁，成都人一般称之为"望江楼"，是一座四层塔形楼宇，有近三十米高，很长一段时间内都是成都最高的标志性建筑。明清两代，锦江水路极为繁忙，当那些顺流而下的商船客舟行至九眼桥河段的时候，便可见到它巍峨的身影矗立岸边，那些漂泊多日的人们心中便会升起回家的暖意。而那些远行的人们也会在此与亲友挥别。这望江楼便逐渐变成了一个繁华的码头，同时，这里又是一段濯锦的优良水岸。锦江自古水清浪缓，成都织锦业也极为发达，江中濯锦当为寻常风景。崇丽阁右侧的那座船舫形两层建筑就名为"濯锦楼"，我见过许多船舫形建筑，这座是最体态盈然的了，它的屋顶是卷棚式的，没有脊，线条柔软顺滑，仿佛你的目光顺着它的坡面屋顶自下而上，会很容易地翻越过去，然后滑落到锦江的碧流中去了。

　　崇丽阁和濯锦楼的瓦都很精致，还有色彩鲜丽的雕梁与画栋，显出一种富贵之气。一般私家园林的建筑不会这么做，要朴素得多，皇家宫苑却到处都是。难怪，这些建筑都是由一些地方官员主持修建的，当然有股官家气息了，官家气就是富贵气。但它们的门窗和梁柱却是民间的色彩，深酱色，几近于黑。成都是道教的发祥地，道教是常用黑色的，所以影响了四川民居的色彩。道教文化是一种飘逸的文化，有一股仙气，不知怎么，我一看到这种色彩的古典建筑就老觉得它会在一个烟雨迷蒙的清晨整个地飞起来。看看它的翘角，那原本就是一种飞翔的姿势。

　　崇丽阁右侧的吟诗楼模样很是特别。说它是楼，可上层却是开敞式的，还有美人靠，完全像个榭，但哪有榭不临水而跑到楼上去的？不，它是临水的，水便是锦江的清流，设计者是把底层的建筑当作台基来使用的。我一开始没能找到上二层的楼梯，正奇怪，见有人嬉笑着从侧面的假山上去了，也跟着绕了过去。原来吟诗楼左侧连有一条双层的敞廊，短短的，仅有五六米，敞廊左端与一组钟乳石垒起的假山相连，假山旁植疏竹数竿，一条石板蹬道顺假山蜿蜒上行。这是一个很好的画面，我就抬腿入画了。

拾级而上，就到了敞廊的二层，再行数步，便上到吟诗楼的第二层。我在临江的美人靠上坐下，俯瞰江面，觉得这是很好的借景。在成都的园林中，大概只有望江楼是可以远借园外之景的。成都地势过于平坦，围墙一围，大树一裹，高楼一挡，空气能见度又低，还有什么"窗含西岭千秋雪"呀？要说借景，只有园外的高楼俯借园景的了，开发商以此为卖点，是发了大财的，园林却吃了大亏，园外高远的空间都让那些高楼给占据了。但我能想象当年的情景，这里一定能望得很远，景致当然比现在悦目得多。无论崇丽阁、濯锦楼还是吟诗楼都是观景赏月的极佳地点。想那月夜，文人雅士们把酒临风，其喜洋洋者也，便会禁不住发出这样的感叹："望江楼，望江流，望江楼上望江流，江楼千古，江流千古。"

千古岁月，逝者如斯，一分一秒地，它们随江水流走了。我想说几句什么，却半句也说不出来。就去看树。

望江楼的银杏躯干要两个人才能合抱，没有一二百年成不了这样的气候。仲春了，银杏的叶子长出来，老树新枝，在清晨的阳光下泛着绿光，那种美让人一时犯晕。古人说："雕梁易构，古树难成"，它们是园林的宝贝，一座园子没有几棵这样的古树就显得资历不够。从园子里经过的那些岁月好像都还活在那些树上，它们就是那些鲜嫩的叶子，年年都从枝条上探出头来，看世事沧桑……我一不小心又把自己弄得深刻了，横竖逃不开"岁月"两个字。但逛园子，每吸一口气都会吸到"岁月"，每走一步路也会踩到"岁月"，没有岁月横行霸道的园子横竖都是不顺眼的。

吟诗楼下的一潭池水往西延展，形成一个圆形的水池，五云仙馆、泉香榭和清婉室傍水而建，构成一个紧凑的庭院般的小小景区，像私家园林的一角。那汪水就是著名的"流杯池"，但现在水好像不流了，以前一定是流的，文人雅士聚到一起，围着池子坐上一圈，然后将酒杯放在水里浮着，杯子会随水流漂到不同的位置，杯子停留在谁面前，谁就要干一杯酒，然后即兴赋诗一首。这是文人常有的诗酒之聚，那是何其风雅的事啊。

现在的人怕是玩不了这个了，也不大玩得来园林。我一直认为，玩园林就一定要有一些文化上的准备，特别是传统文化上的准备，还要懂得诗，懂诗才能感受诗意；更要懂画，懂画才能领略画境，因为中国的古典园林，尤其是文人园林是以"诗情画意"来造园的，所以文人的园居生活也便诗情画意起来。园林没有钱是成不了的，然而没有文化和艺术的参与，成了也没有什么格调。

扯远啦。

我有些累,就往回走。这时,满园子都是花香,那香味我有些熟悉,淡远、清逸,便四下里寻找。江边濯锦楼旁,长廊上的一蓬密密的小白花像倾泻的浪,汹涌地扑下来,香味也扑下来,风一吹,袅袅地散开,淡了,远了。用朱自清先生的话说,那便是"微风过处,送来缕缕清香,仿佛远处高楼上渺茫的歌声似的"。

我想起来了,那小白碎花好像就是"七里香",它是长在诗歌里的花朵,它是那些柔情女诗人的爱物,比如席慕容,或许还有薛涛。我曾经在她们的诗行里闻到过它的香味,今天,花儿就开在我眼前,风送香来,恍惚间,竟有如逢故友的激动。

桂湖

这次我是从挹锦门入园的。挹锦门是新都古城墙上的一道城门，同时，也是桂湖园林的一道园门，因为桂湖的界墙借用了新都古城的一段城墙。一进挹锦门我就直接上了古城墙，我想从古城墙上俯瞰桂湖。这个角度太好了，我可以作俯角的游观，整体地把握这座园子的构架，景物之间的关系也可以被梳理得更加清楚。我从最西端开始，沿城墙向东款行，桂湖诗画长卷便在眼前渐次展开。

我发现我前几次来都是盲人摸象，并未真正地把握桂湖整体的神韵。这次来却大不一样，季节也很好，草木华滋，春水荡漾，园子整个地活了过来、丰润起来。我沿着古城墙慢慢地踱步，桂湖的整体轮廓愈加清晰起来。

这是一座以水为中心进行景观布局的园林，而水面是沿古城墙平行分布的长条形状，由西向东逐渐收缩，在古城墙的东端尽头戛然而止。湖中分布着三座小岛，这与皇家园林"一池三山"的传统模式极为相似。所谓"一池三山"是早期园林的结构方式，大约在秦汉时期，有一种神仙黄老思想极为盛行，帝王常模拟神话中的蓬莱、方丈、瀛洲三岛，将它们建在自己的皇家宫苑当中，以期长生不老，抑或死后羽化成仙。直到唐代，"一池三山"都是皇家园林的典型模式。而桂湖始建于隋唐，又是典型的官署园林，所以它采用接近于皇家园林而非私家园林的结构方式便是顺理成章的事了。

许多人以为桂湖是为纪念明代学者杨升庵而建造的，事实上那是后来的事情，一开始它是一座驿亭，后来驿亭的功能随时代的变迁而逐渐丧失，演变成了一座公共性质的园林，好像叫作"南亭"。不过"桂湖"得名确也与杨升庵有关，但那已是几百年之后的明代了。杨家的宅第距"南亭"不远，杨升庵年轻时常来此读书游玩，还曾于古城墙和湖边手植桂树数百棵，并在与友人唱和的时候将"南亭"称为"桂湖"，这个优雅的名字便流传了下来。

这就是桂湖与其他纪念性园林从结构到风格都差别较大的原因。无论杜甫草堂、武侯祠还是望江楼，它们的起意都是"纪念"，所以纪念性的祠宇是最主要的构架，园林是附加上去的部分。而桂湖恰好相反，它一开始就是一座纯粹的园林，所以它在整体布局和造园手法的运用及美学理念的表达方面都要到位得多。这也是从园林角度来讲我更偏爱桂湖的原因。

桂湖是一座非常典型的川派园林，其风格介于皇家园林与江南文人园林之间。由于是官产性质，功能上是以满足公众休闲赏景为目的的，因此在结构方式上多采用开放式布局，建筑分布比较松散，没有特别幽深私密的居住庭院，而是以单体建筑为主，起到点景的作用。同时吸收了四川民居的质朴风格,色彩受道教文化的影响,以黑白为主,显得朴素而飘逸,亲切又端庄。道路亦多为直道,少有曲径。用材也基本上是本地化的,比如假山,多数采用川内所产钟乳石、黄石、砂积石和鹅卵石,其假山模拟的也是四川典型的自然风貌。

川派园林事实上早已形成了一套完整的造园技法和独特的园林美学理念,但在中国古典园林体系中却并没有太高的地位,实在有些让人遗憾。不过,我相信川派园林的独特风格是不可能被取代的,桂湖就集中展现了川派园林的别样魅力。

我在古城墙上来回走动,看着湖面和周围的建筑,觉得这是一个造得很有章法的园子。造园如作文,谋篇布局相当重要,我不知道桂湖的设计师是谁,但我肯定他是个独具匠心的家伙。桂湖占地不到七十亩,当属中等偏小的园子,但水面却占据了绝大部分的面积,我一直觉得以水为主的园子不大好布局,但桂湖的布局却是成功的。

湖中布置的三座小岛将中部到西端相对宽阔的湖面分割开来,湖面便不显得空旷了。湖心楼、沉霞榭和升庵祠分别建于三座小岛之上,并成为三个区域的视觉中心。尽管以岛屿和建筑做了空间上的隔断,但沉霞榭和升庵祠之间的水面依然显得过于开阔,于是,从湖的两岸向湖心又伸展出两道柳堤,再作隔断,使湖面富有变化,不显呆板。堤上的柳树也成了半遮半掩的障景,使远处景物隐约可见,意境也更为深远了。岛与岸以小桥勾连,略有曲折,显出随意与轻快。细节的处理上也颇见功力。想起一句话来："大胆落墨，小心收拾。"这是对书画谋篇布局的要求，用在这里也是相当的合适。

从北向南和自东而西的两段城墙在此交会，形成一个半包围式的结构。我越看越觉得这古城墙是很别致的，除了这桂湖和新繁的东湖，我很少见到用古城墙来作围墙的园林。而城墙上还遍植花木，四时繁茂，浓阴摇曳，当年杨升庵就在城墙上手植桂树，秋来花开，香飘数里，这与蜀后主孟昶于成都城墙上遍植芙蓉的浪漫之举有异曲同工之妙，城墙坚硬的轮廓变得柔软起来，像是一双巨大有力的臂膀给了桂湖一个柔情的拥抱。这哪里是什么城墙？在我眼里，它是园林中别有风味的一座"山"或者一条观景游廊，它使桂湖的层次变得愈加丰富起来。

下了古城墙，我直接去了航秋。航秋是一座连接湖岸与湖中最大岛屿的桥，但它被赋予了船的外形，既有桥的功能，又使桂湖的桥不显得千篇一律。航秋左右两侧建有带椅子的廊，游人可在此赏荷、小憩，中间则是带有花格门窗的房厢。航秋妙就妙在将多种功能和独特的视觉效果集于一身，且显得浑然天成。

过航秋，左侧是一座秀雅的亭子，名唤"亭亭"。亭亭是一座重檐草亭，名字和身形一样可爱，它半架在水面之上，远远看去真的是亭亭玉立。我游过许多园子，还没见过如此独特的草亭。重檐草亭并不少见，但多为重檐方形或重檐圆形，而亭亭却是上下檐不同形状的草亭。下面一重为八角形，看上去近似圆形，而上面一重则为四方形，还带有檐角。如果在这方面我还不算孤陋寡闻的话，我可以判定，它是目前我国罕见，甚至是唯一的一座上下异型的重檐草亭。

亭亭以北是全园的主体建筑升庵祠。升庵祠为东西朝向，前面是开阔的荷塘，与其高大的殿宇形成巧妙的虚实对景关系。升庵祠是一座极为独特的庙堂式建筑，主殿宏伟端庄，左右两侧各建有一组偏房。而妙就妙在这偏房上，它使主殿不显得孤立和过于严肃，两侧的房檐翼角一下子为敦厚持重的殿堂增添了几分活泼的意味。而这种主殿加偏房的祠堂在我国祠堂类建筑中确乎还是个孤例。

桂湖好像是有意无意中创造了好几个"唯一"和"罕见"。在亭亭、航秋与升庵祠之间的那座假山就是全国唯一的一座清代的鹅卵石假山，名"翠屏山"。以鹅卵石与挖掘塘池所产生的渣土相搀和，用以堆垒土山，这是川派园林的一大特点，术语好像叫作"园山"，以区别于依托楼宇而设的"楼山"和置于厅堂中的"厅山"等小品类珍稀奇石。

我沿翠屏山绕了两圈，从不同角度去看它。我发现，翠屏山所具有的真正价值还不全在它自身有多么的完美和独特，更在于它在整个园林结构中所起到的分隔空间的作用。它真的像它的名字那样，是一道翠绿的屏障，在桂湖中心景区的主要建筑之间形成翠屏掩映、藏显得宜的效果。这是出自高手的笔法。

我在翠屏山流连多时，然后闲闲地踱到升庵祠前的阔地上，隔水眺望交加亭。这也是造园家的一抹精彩笔触，又是一个"全国罕见"。它的形制实在与众不同，一亭凌空架水，一亭则蹲坐岸边，水亭略高，陆亭稍低，形成错落虚实的对比变化，又显得浑然一体，故名"交加"。而建造者还借此赋予了它更加深沉柔情的寓意，那就是象征杨升庵与夫人黄娥你中有我、我中有你、相依相恋、至死不渝的爱情。

湖水丰丰盈盈，像雍容华贵的唐代贵妇，像熟透的女子等待孕育。水想必是肥的，一个热烈而喧闹的季节即将在此着床并发育。桂湖的荷是有名的，朱自清先生大约在20世纪40年代来过桂湖，对桂湖的荷花十分喜爱，还曾写过一首咏荷的旧体诗，可惜我记不得了。正因为这个缘故，也因他的名篇《荷塘月色》，桂湖便多了"荷塘月色"一景。那四个字刻于航秋左侧、交加亭对面的湖岸之上，是从朱先生的手稿当中选摘出来集在一起的，虽有些牵强，却也说得过去。

在正门内侧的两旁有两株紫藤，枝蔓纠结在上方的藤架上，绵延近百米，光线忽地暗了，如同黄昏。我仔细地看那两株老藤，右侧的竟粗如壮汉腰身，被誉为藤中之王。再看左侧的一株，比那"藤王"细了许多，却也有成年人大腿粗细。我听园里的工作人员说，此藤相传为杨升庵手植，有好几百年的历史了。它们是园中一大奇观，更有一种美好的寓意，象征杨升庵与黄娥天长地久的爱情。我觉得用两句诗来形容很是恰当："在天愿作比翼鸟，在地愿为连理枝。"他们的灵魂早已化作鸟儿比翼翱翔，而他们的肉体则化作这两株紫藤，常绿人间。

游桂湖不仅能够饱赏美景，还能感动于一份人间至情。

罨画池

罨画池我前些年去过一次了,今年春上又去了一次。那天,到那里的时候太阳才刚刚冒出民居的屋檐,朝气正在升腾。

在大门口就听到了流水的声音。我知道那水声来自大门左侧的黄石假山,水从假山上跌落而下,形成飞瀑,水声便传得很远。我没有急着往里走,站在原地闭上眼睛听了一会儿,觉得有山涧飞泉的音韵,潮润润地飘散开来,和了清晨的鸟啼,颇有些山林野趣。我喜欢这以水开篇,或者说是先声夺人的匠意。声音是一种诉诸听觉的风景。

这股清泉几经婉转注入罨画池中,池子丰满了起来,水面显得宽阔,也有几分婀娜。清晨的风有一丝寒意,不动声色地拂过树梢,这时就能嗅到一缕弥散在空气中的洋槐花淡淡的冷香。那白色的花瓣也碎碎地飘落下来,纷纷扬扬,轻得像柳絮,姿态中流露出一丝对春的眷恋,水面上便铺得白茫茫一片了。

而水是绿的,岸边各色花树的影子也倒映其中,色彩们嘈杂地挤了一池,互不相让。我突然明白了这"罨画"二字的含义,那原本是指杂色的彩画，看那池水，可不就活脱脱一幅杂色的彩画吗？这罨画池是始建于唐而盛于宋的，那么我们千年以前的先人也是见到过同样景致的了，他们给这座园子的命名实在是精确而诗意。

古人似乎是很喜欢这两个字的，常用它们来为园林和园林建筑命名，我记得北京北海公园里便有"罨画轩"，承德避暑山庄也有"罨画窗"。白居易诗中亦有"疑香薰罨画，似泪著胭脂"的句子。我还读到过北宋赵抃的诗句："占胜芳菲地，标名罨画池。"赵抃曾任江源（即今崇州市）县令，这两句诗即是咏崇州罨画池的。

我站在池边的"听诗观画亭"看了一会儿斑斓的水面，确有一种置身画中的感觉。湖岸和湖心岛上的树木都在奋力地生长，并经营着一大片的绿荫，要证明冬天里景色的萧然与自己的能力无关，而是天不与时。上次来我觉得湖心岛上的罨画亭和湖南岸土山之上的尊经阁体量都大了一些，显得有点"蛮"。但这次不觉得了，繁枝茂叶将它们部分遮蔽起来，与周围景物融为了一体，看上去恰到好处。在气候温润的川西平原，一年当中三个季节植物都神气活现。罨画池的设计师很是聪明，当初在确定建筑体量大小的时候，就充分考虑到了建筑与周围环境的关系和植物对建筑体量的缩减作用，否则，当植物繁茂的时候，建筑就会显得小气，躲在枝叶间，羞愧难当。

罨画池周围的建筑布置得很少，显得极为疏朗，树木成了主角,岸边密密地间植着两行水杉、楠木、银杏和洋槐,夹成幽深的林荫小道,空气都好像变成了绿色。朝阳穿过枝叶洒落下来,细细碎碎的斑影在石板路上推推搡搡,有一种梦幻之感。在罨画池西岸"听诗观画亭"旁有一株胸径盈抱的枫杨,看上去生机勃勃,却已有五百多年的树龄了。有时候,一座园子的历史从建筑上未必就能看得出来,岁月都被收藏在树木的年轮里了。有时候我觉得做一棵树也挺好的,它天长地久地立在那里,也不到哪儿去晃,同样活得精彩,不像人,一到假期就要出去旅游,吃苦受累的,也没觉得增长了什么见识。树是不浮躁的生命,我一向尊重它们。

罨画池的水体很大,分为两个部分,湖心岛所在的那一段湖面开阔,所以特别建了岛,岛上又建罨画亭,再以步月桥与池岸相连,将水面划分成东、西两个部分,使从西北面的大门入园的人不至于将湖景一眼洞穿,不然就好生无趣。这是个巧妙的障景。

我沿着湖岸过五云蹊向西而行,绕过湖心岛,再经过月波亭、长廊和爽心榭组成的一组建筑,便看见罨画池的水面在东南角上猛地收成细细的一束,流到后面的浓阴当中去了。而在那紧束的水面上架起的一座廊桥成了内池与外池的分界。那桥为三段结构,中间高,两头低,整体呈微弧形状,远看像一道彩虹,名为"飞虹桥",有点苏州拙政园里"小飞虹"的影子,名字更是极为相似。

"飞虹桥"结构很是简洁,轻灵通透,却不显得单调和孤立,与左岸的一组假山和右岸的一段围墙连为一体,形成起伏错落、虚实相衬的韵律之美,水中的倒影勾画出另一条相反的弧线,更是相映成趣。我预感到这桥的后面一定深藏着一组有着江南私园风味的园林景观,便走向"飞虹桥",从桥身与廊檐间通透的空间望过去,果然,一组与外湖景致截然不同的玲珑山水妖娆地出现在眼前。

"飞虹桥"以南是一汪瘦长的水体,为罨画池的"内湖"。内湖面积只有四到五亩,是外湖的四分之一,湖岸布置了较为密集的建筑,布局与外湖正好相反,两个湖区的建筑形成疏密悬殊的对比。内湖很像某个私家园林的内庭水院,给人以亲切、宜人、舒适的感受。

"飞虹桥"右侧湖岸是一座体量较小的房馆,曰"问梅山馆",我很喜欢它的名字,忆起"春已发多时,欲问梅花事"的句子来,遂又想起陆游是爱梅的。他曾任蜀州通判,好像在罨画池还住了个一年半载,他的《剑南诗稿》中就有多首咏罨画池的诗作。这"问梅山馆"就应该是和他有些关系的,馆前确也植有梅树数株。

我继续往前,到了墙角却没了出路,折返回来,透过深灰色云墙的漏窗窥探,外面仿佛有一小口,就又绕过去。果然,两道弯曲的云墙重合着,却留出一条窄道,我曲行而过,景致豁然开朗,那外湖开阔的空间便铺展在眼前。这又是化用了陆游"山重水复疑无路,柳岸花明又一村"的诗境。

我好喜欢这个创意，又回头走了一遍，再过"问梅山馆"，到了临檐的"半潭秋水一房山"水榭。那水榭体量不小，但却不"笨"，轻灵秀雅，四周有廊，中间房厢很是空透，从里往外看，外面的景致像是贴在花窗上的画。我倚在临水一面空廊的朱栏上，俯瞰鱼儿悠然摆尾，仰观对岸山石耸峙。

在湖岸左侧立着一座草亭，四周假山簇拥，两棵遮天蔽日的梧桐树使它在阴凉中显得舒爽惬意。这是一座六柱单檐的圆形草亭，就其形状而言与任何一座草亭没有什么区别，但它的顶部却实在可爱，不像一般草亭那样以攒尖宝顶作为收束。它倒是特别，倒扣着一个土陶的缸钵。我不知道别的省份人们是否爱用这种家什，印象中四川的普通人家淘米、洗菜是常用这种缸钵的，特别是乡村人家。那缸钵往亭子顶上那么一扣，这四川味、乡野味一下子就出来了，所以这亭便取名"野趣"。既然是草亭，当然就要有一股质朴与野趣，粗糙一点自不碍事。这一来，精巧雅致的楼台馆榭与这粗朴的草亭便形成了全然不同的风味。气氛更是轻快了起来。

起自"飞虹桥"的假山群沿内湖西岸向南，并在湖水南端尽头环抱草亭之后，折而向西，忽高忽低，忽隐忽现，在"半潭秋水一房山"后面又缓缓耸起。事实上这是形断而意连的一组假山，沿内湖岸边绕了大半圈，成为迄今为止成都园林中最长的一组假山。它像一条别致的游廊，让穿行其间的游人可以从不同的角度观赏沿湖的景色，是罨画池特色最为鲜明的一组景观设置。

逛了几个小时，我有些累了，便在"瞑琴待鹤之轩"坐下。室内挂着一副对联，曰"醉酒瞑琴卧，焚香待鹤归"，点明这小轩的主题，颇有几分雅韵。我要了一杯茶，边品边欣赏这建筑的细节，玩味那联语的意味。

我仿佛看见一些古人在我面前走动，看见他们悠游自在的率性生活。他们神情悠然地欣赏着四周的景致，随口吟出一些诗句来；他们宴饮的时候会高谈阔论，觥筹相击的响声隔墙可闻；而对弈的时候又都默不作声，闲敲棋子，偶啜香茗；我好像又听到他们酒醉后有些走调的琴声，忽而琴声骤止，酣声渐起；他们当中有些是著名的人物，如杜甫、裴迪、高适，还有陆游，当年，他们与友人在这园中饮酒唱和，好不风雅，这园中的匾联当是他们雅集唱和时所题写吧？那匾额便都如诗句一般，"水面风来菡萏香""半潭秋水一房山""风送花香入酒卮"，味道何其隽永，作为额语又是如此贴切和别致。

古代的文士们游园总会留下一大堆的诗文佳联和风雅故事，而我们却只能留下一大堆果皮纸屑和阵阵搓麻的噪声。真让人难过和羞愧。

罨画池南端是文庙，我没去看，全国的文庙都一样，庄重而有意义，但毫无趣味，不是万不得已，我不会看的。就又去了陆游祠。

大凡祠堂建筑总是模样相似、大同小异，沿中轴线排列一进二进三进的院落，体现一种庄重，让人产生敬重。陆游祠曾毁于明末战乱，现在的建筑为清代重建，明清四合院落样式，庄重中又有几分亲切。园中广植梅树，切陆游《咏梅》诗之主题。尽管没有更多的看头，但在我所见过的陆游专祠中却是最好的，还曾获得过"中华陆游诗歌文化第一祠"的赞誉。

陆游祠左侧的小院里有一座双顶拱六角的"联体亭"，右高左低，形象秀雅，名曰"同心亭"。"同心亭"两亭相连，似联体并肩、相互依偎的一对挚友，象征陆游与蜀州江源（崇州）人张季长长达四十年的友谊。陆游和张季长于南郑抗金前线相识，因同怀一腔报国热忱，并以"中原阻绝王师老，那敢山林一枕安"共勉，遂结为知己。四十年间他们相知相惜，情深意笃，直到生命的终结。

并马南郑披肝沥胆
和诗西蜀桂馥兰熏

我立在"同心亭"前，看着这副对子，有些感动，心说，人生得一知己，难矣，足矣。

出园子的时候，一路上的风景在眼前变得模糊起来。心里只想着陆游。

东湖

东湖似乎不及成都许多老园子那么有名气，多数人都不大知道它。

东湖是一座有着一千多年历史的唐代园林，隐藏在新都区新繁镇一片浓密的绿荫之中。尽管知者寥寥，但东湖在中国园林史上却是排得上号的。如果我没记错的话，它应该是我国仅存的建于唐代，并有遗迹可考的两座古典人文园林之一。另一座位于山西省新绛县，名为"降守居"，如今已毁损殆尽。而东湖的整体构架和重建于清代的多数园林建筑都还基本保存完好。

事实上东湖在历史上是相当有名的，曾有"西蜀名园"之誉。在唐代，新繁是一座繁华的县城。唐代著名宰相李德裕曾在新繁做过县令，东湖即是他主持兴建的一座园林，因在县署以东，故名东湖。李德裕在任期间政绩不错，做过许多利民惠民的好事，老百姓都很敬重他。后来他一路升迁，从基层到中央，直做到宰相位上，新繁民众更引以为傲。又因李德裕还被赐封为卫国公，后人为了纪念他，又称东湖为"卫公东湖"。现在，东湖的正门左侧围墙上还嵌有一块黑色条石，上面便刻有"唐李卫公东湖"字样。

此六字为清人程祥栋题写,程祥栋时任新繁知县,上任伊始便深入新繁城乡视察工作,见东湖已破败不堪、荒草满园,成为虫蛇盘踞之地,甚是心痛,不禁"慨然太息,亟思整饬,以妥先贤"。有意思的是,程祥栋并没有动用公款来搞"政绩工程",而是自捐薪俸两千余贯,历一年又一季,将东湖修葺一新,奠定了今天东湖园林的基本格局。看得出他是极慕李卫公之功德的,亦欲效法从之,要做一名廉洁奉公的人民公仆。早年我在读他的《东湖因树园记》的时候,就为他所记述的东湖园景所吸引,更为他捐款葺园之举深为敬叹。

东湖重建工程竣工之后,程祥栋相当满意,且深感欣慰,立即邀约文朋诗友赏园题诗,并将东湖命名为"东湖因树园"。那何为"因树"呢?当初程祥栋来到东湖,见园庭荒疏,而李德裕手植的古柏仍苍然挺立,顿生缅念先贤之情,并决定重建东湖园林,东湖的重建乃因"树"而起意,故名。

这次去东湖,我最想看的就是那块刻有《东湖因树园记》的石碑了。我感到奇怪,以往游东湖的时候怎么就没有注意到呢?前几天查阅东湖史料,说那块石碑还在,就嵌在"怀李堂"右侧游廊的廊壁上。这次一入园我就直奔那里,果然见到了那块石碑,但石头已有些风化,还有一些硬伤,只能辨别出少许的文字。我虽有些失望,但总算是了却了一桩心事。东湖和许多老园子一样,有许多的故事,这些故事总能激发我回头探寻的热望。

当我拨开历史的荒草，寻见那园子历史上的人与事留下的些许痕迹时，就会有一种莫名的兴奋，便会体会到读园的乐趣。

成都保存至今的多数是这一类官产性质的园林，它们是属于地方政府的，不过也有条件地允许老百姓入园游玩，所以它们又区别于为皇室所独享的皇家园林和为私人所拥有的私家园林，风格上也自然有所不同。这一特征在四川，特别是成都平原的园林中有着较为集中的体现，这就形成了四川园林的独特风格。

但我以为，东湖园林不光具有川派园林的特征，还糅合了江南园林的一些造园要素。清代江南私家园林已发展到鼎盛时期，程祥栋为江南人氏，他在重建东湖的时候取法江南私园的一些造园手法自然是情理中事，我觉得东湖的那段游廊就很有江南私家园林的风味。

东湖是以一块方形水塘"瑞莲池"为中心进行空间布局的，瑞莲池北岸为全园的主体建筑"怀李堂"，是一座为怀念李德裕而建造的正厅。游廊就以怀李堂为起点，向东西，然后向南曲折延伸，东面串起篁溪水榭，直连到瑞莲阁。西面的月波廊连接冰玉轩，再向南一折，以画廊连接珍珠船，这就在瑞莲池东、北、西三面形成了一条颇有韵味的环湖景观带。

廊，在园林布局中应当是起着"线"的作用，而楼、台、亭、阁、厅、堂、榭之类的建筑则是点，廊往往将这些点串联起来，使之成为有机的建筑组群。东湖的这条长廊就起到了很好的空间联系和空间划分的作用，它使瑞莲池及其周围建筑构成了一个相对独立的景区。而且这条长廊本身也富有变化，既有直廊，又有曲廊，与建筑之间的衔接和曲直之间的转换都十分自然，长而不显拖沓和呆板。成都的古典园林中很少有这么长的廊道，它使人在曲折回环中穿行，造成视角的不断变化，眼前景物变得愈加丰富起来，趣味也更浓郁了许多。

尽管东湖经过历代的维修与重建已有很大的变化，但它的整体布局还是基本保持着原样，依然能看出一些唐代园林的痕迹，比如它的围墙很少开漏窗，道路也少有韵味悠长的曲线，也难得见到园林小品。这显示出较早时期的园林在建造手法上的相对单一和细节上的简单粗放。另外，它的围墙为朱砂红，既是官署园林通常使用的颜色，也是一个时代的代表色彩。唐代这个雍容华贵、大红大紫的时代，唯有红色才可以配得上它。

东湖的整体布局是成功的。自正门入园，便一眼见到一座东西向横卧的土山，形状犹似一只蝙蝠，故得名"蝠崖"。蝠崖为掘湖的土石堆砌而成，并不高，也就三四米，但它却将视线绝然阻断，由瑞莲池、怀李堂及环湖建筑组成的中心景区都隐藏在了它的身后。而大门至蝠崖之间仅有五六十米的距离，头次去东湖的人入园的第一印象一定会觉得这组空间太过狭窄，右边也仅有古柏亭和城霞阁，似乎没有什么景观可赏。但蝠崖土山下留有一洞，穿洞而过，景物在被"塞"了一下之后，突然地一"开"，瑞莲池便显得格外开阔，北岸怀李堂的屋宇在浓阴中隐约可见，李卫公的金色塑像在阳光下分外显眼，整组景物的景深变得更加深远了。

蝠崖不仅在园林中起到了划分空间的作用，还使空间层次更加丰富。登上蝠崖俯瞰湖区，四周景物尽收眼底。而于湖岸仰望蝠崖，则可见分别立于山脊左右的见山亭与青白江楼高高耸立，将人们的目光导向了辽远之处，使这建于川西平坝的园林有了高低错落的起伏之势，颇有"城市山林"的趣味。山上的这一楼一亭与湖畔的怀李堂以及与之相连的系列建筑还形成互为对景的关系，有限的景点衍生出众多的画面。同时，通透的双面长廊与敦实的蝠崖之间也形成了虚实、轻重对比的强烈反差，审美效果相当不错。

东湖的水面规划得也很不错，导湔江清流而入，流连环绕园中，房前屋后、山石草树间都有溪水潺湲。最有风姿的还是瑞莲池到古柏亭的一段，方正宽阔的瑞莲池在东南角突然收束成窄窄的溪流，顺势一甩，绕过蝠崖，将它紧紧环抱，并在山后又成一湖。过去这段湖区被称为"勾氏盘溪"，现在好像没有名字了。湖中所建的城霞阁和古柏亭之间以一座三曲桥相连。从蝠崖上的见山亭俯瞰这组水景，别有风味。据说，古柏亭因侧旁有李德裕手植的四株翠柏而得名，但现在古柏早已不存，唯古柏亭孑然立于水中。

我几年前第一次来东湖的时候，它的水质还很好，不仅是活水，还较为清澈，可这次来水却有些发黑了，让我很是失望。过去珍珠船四周的水面较现在开阔得多，程祥栋在他的《东湖因树园记》中描述说,有"空庭积水,荇藻交横"的景象,现今是荡然无存了。珍珠船水岸的斜坡上还种有几株衣衫褴褛的芭蕉,使这一景区更显得萧条与破败。

老实讲,东湖除了结构上的美之外,细节已经不可玩味。东湖是一座不大的园子,大约占地三十亩,景点原本就不多,而盆景园已彻底颓败了,光霁堂和晚香斋早已沦为茶馆,更有许多建筑衰朽不堪,湖池亦多年未曾疏浚。如此一来,可赏之景已然不多,而且整个园林还显出几分老态,这老态是面相的衰老,更是神情的颓然。东湖的现状与它的地位显得很不相称,这让我深感痛心。

不过,我能体会管理部门的力不从心,园林的维护成本是高昂的,而维护的经费却捉襟见肘,想要维持最基本的运转都是相当困难的,更遑论彻底维修与重建。像程祥栋那样自掏腰包拯救东湖的贤达之士怕是再也遇不到了。

我有些郁然地在园中闲逛。过月波廊,又去看冰玉轩和画廊里的碑刻。上次来时不及细玩,匆匆而去,这回我要慢慢地品玩一番。冰玉轩和画廊里光线很暗,得躬身引项凑得很近去看。没想到我竟发现了珍品,里面赫然树立着两通金代著名书画大家黄华老人的诗碑。再细看,第一通诗碑的上方刻有一段序文,说明黄华老人诗碑的来历:黄华老人曾书七绝四章,刻于云南三塔寺。清代曾任新繁知县的云南人高上桂久慕黄华老人书法,到任之前得此诗碑拓本,爱不释手,及至整浚东湖,游园览胜之际,得五律四首，描述东湖春夏秋冬四时景色，并从黄华老人诗碑拓本中集得87字（草书），将此"四季咏叹"刻在了石碑之上。

虽是移花接木之作，却也浑然天成，算得诗、书之上品。黄华老人书法"沉顿雄快，俊逸遒劲，为世所珍"，我亦爱之。但其墨迹传世者甚少，我曾听说黄华老人刻于云南三塔寺的诗碑也早已澌灭不存，今日竟于东湖意外发现其墨迹，诚为一喜。真得感谢高上桂大人了，他不仅整浚东湖，还抢救了黄华老人书法之绝世珍品，更让东湖的文化积淀厚重了许多，实乃功德无量啊！

我的心情变好了不少。园林中建筑山石的毁坏似乎只算得皮外之伤，历史文化遗存的散失和见证时光流逝的树木之损毁，才算得真正抽筋断骨的损伤。幸乎东湖碑刻依然上好，它是这座园子的根本，或者叫作"魂魄"，就像书香世家置于案头的四书五经和论语老庄，就像仕宦之家必不可少的《资治通鉴》与《吕氏春秋》。

花影楼

我大抵是属于那种有着古典情结的人，总是钟情于古典的物事。这种情结是从娘胎里带来的，如影随形，顽固不化，大约也是要带到坟墓里去的。

这种情结最早出现大约是在我还不识字的时候，那时作为一个文盲，我只有借助小人儿书来打发漫长而无聊的时光，而在众多的小人儿书里，我对表现中国古代历史和人物的故事尤有兴趣。但事实上那些故事我也是不大看得懂的，我只是喜欢看那些仕女的服装，特别是当她们在园林的山石草木间穿行的时候，因为有了环境的衬托，一个个都显得衣袂飘飘、姿态优雅，实在是韵味悠长。我几乎是在喜欢仕女服装的同时喜欢上了穿着它们的模特儿和作为她们服装展台的古典园林。稍长，便又钟情于中国的古典文学，因为古典文学里的中国古人在我看来是最懂得玩味风物和品味生活的一群有趣而风雅的人。

我接触到的第一部长篇古典著作便是《红楼梦》了，当我借助词典疙疙瘩瘩地读完那三卷本的巨著时，匍匐在我生命中的古典情结全面开花。现在看来,当年的那个少年对发生在一座名叫"大观园"的园子里的故事,理解当然是很皮毛的,但就是这点皮毛就已点燃了他对中国古典园林和园林中古人优雅生活的热切向往。我以为就是这部著作使我对园林有了最初的认识。

我发现,像大观园这样的私家园林的主人往往都是能诗善画的儒士,这些儒士会时常邀约文朋诗友于园中吟诗作赋、赏景抒怀,好不风雅。园林成为他们寄托情怀与表达审美意趣的所在,而园林美景又是激发他们浪漫诗情的不竭源泉,故而每景必出诗境,而点景必以诗文。文人气息濡染了山石花木,赋予它们灵气,使之处处呈现诗画之境,这便是私家园林中文人园林的独特风貌。

大约是在二十岁那年,我读到了陈从周先生的两部有关园林的随笔集——《说园》和《廉青集》,爱不释手。陈从周先生的随笔如名园佳景般诗意纵横,我仿佛被他的文字牵了手,在那些优美的园景中穿行,并渐窥园林之堂奥,这当是先生给我的点化。

工作之后,我的所有收入几乎都扔在了奔赴天下名园的路途中,我遍访北方的皇家园林与江南、岭南的私家园林,逐一查阅存留至今的那些中国古典园林的实物与文献资料。如今,尽管它们的实用功能已经全然丧失,成为园林的标本与活化石,但我依然触摸到了那一缕缕游荡在山水屋宇间的往昔岁月的魂魄。我终于用五年的时间将自己游成了一个十足的穷光蛋,而内心却成为了极其富有的人文渊薮，满眼都是灵秀的绿水青山。

我还将自己变成了一个古典的人。我越发觉出古典意境的隽永与绵长了。古人的生活是细腻、精致而优雅的，不像我们现代人，总是心急气躁，忙于一些莫名其妙的事情，最终把日子弄得苍白而又粗放。我们可爱的古人却总是气定神闲，竭力营造和享受着生活的诗意滋味，这滋味来自他们对每一个生活细节的精心打磨。慢时光里的古人们营造意境的本领是我们永远也望尘莫及的。

我承认，中国古人的生活确实非常吸引我，因为它和我与生俱来的古典情结很是契合，但我拒绝承认自己是一个泥古不化的老古董。我热爱古典的意境，也喜欢眼下的生活，古典的情结只是我命中注定的一种偏好，它像性格一样，引领着我不由自主地在这个急功近利又大而化之的时代里，极力把自己的生活过得更有情趣和富有诗意。

不过，我这个人总的来说对生活要求是不高的，唯有在居住的问题上不愿稀里糊涂、勉强凑合，但又不敢奢望拥有古人那样的园居生活，那是完全不可能实现的一个幻梦。别说拥有一座园林，就是拥有一栋别墅也几乎是痴心妄想，我唯一可以做到的就是在普通公寓的楼顶上营建一个具有古典园林意味的楼顶花园。因为在我看来，只有把日常生活放置其中，才能使我古代士大夫般的山水嗜好和诗意栖居的理想得到最基本的满足。所以，我在攒够了首付款之后，毫不犹豫地选择了一套顶层的住宅。

在经过两个多月的构划与营建之后,一座袖珍的、具有古典园林意味的私家花园新鲜出炉了,这便是我极为珍爱的"花影楼"。我曾作《花影楼记》,以记述其优雅风姿和我园中之风雅乐事。

花影楼记

锦官城南有小区名玉林,距市区四五里之遥,既远闹市,亦非僻壤,可享清幽之气,又得繁华之象,素为居家宝地、置业热场。

余孤身来蓉,赤手打拼,感飘零之凄惶,祈安居之福祉。癸未岁末,余倾十年之资,购此间住宅一套。楼高七层,余居其上,顶有平台,其形正方,目测之轮广均约五丈,心忖之可植草木可设厅堂。余欣然以动土石,造屋宇山水于其上。辛苦劳乏,二月乃成,得此佳构,乐甚至哉。

余之屋舍坐于北,向于南,面阔三间,其堂一,其厢二,游廊绕于前,花窗开于后。庭前叠石一峰,似山突起;有泉一泓,如出岩罅,淙淙跌落,积水为潭。两丈之遥,有池一方,潭池之间通以小溪,蜿蜒曲折,形若游蛇,水流其间,往复循环,终日鸣响,如乐萦耳。潭中饲锦鲤数尾,鳞红水碧,姿态悠然,甚为悦目。余尝手植花木藤蔓,以饶视野,计有海棠、山茶、杜鹃、红枫、丹桂、蜡梅数本,芭蕉几片,修篁一丛,青藤漫壁,芳草萋萋。越明年,至阳春,草木葳蕤,花似锦缎,绕舍掩石,斜探水面，花影憧憧，姿态可怜。故名"花影楼"也。

余居此一载有余，四时景色，尽得于心，细心体察，诚为乐事。春阳丽日下，余常闲读杂卷于庭前，杨柳细风，吹面不寒。时有黄鹂来访，啁啾婉转，尤撩人之情思，倦人以春困，辄闭目释卷于花间小眠。此为一乐也。仲夏之夜，余常于厅中竹榻卧听檐雨，滴答生韵，旷逸清远，间或新蛙一鼓，更添乡村野趣。忽忆董桥"身在名场翻滚，心居荒村听雨"之句，觉有魏晋逸士风流。亦为一乐也。秋日暑退，桂子金黄，夜来与家眷赏月廊前，时有清风爽气泗水越林而来，桂香袅袅，萦人心怀。子夜天清，银盘高悬，邀月入户，银晖满轩，欣得古人句意，便是"庭户无人月上阶，满地栏杆影"，恍兮忽兮，犹似仙境。此又一乐也。冬来寒降，天灰似铅，蜀中草木，犹未衰耳。更有蜡梅独放寒枝，振人意气于怠惫，沁人心脾以清芳。偶遇冬阳破云，暖似初春，方排脱俗务，呼朋唤友庭中一沐，煮茗把盏间，说渔樵、话桑麻，其融融然哉，岂非又一乐耳？

余之好山水泉石，自幼始之，然均于念中虚设，今天与我时，地与我所，终愿遂意顺，夫复何求？遥想唐人白乐天者，筑草堂于庐山，得山色之灵胜，享冗职之清闲，其优游之乐，不过此耳。余今亦以冗员之身得悠闲之乐，享山林清趣，不亦快哉。此弹丸山水，虽出人工，远逊庐山胜景，余却能优游其间，与乐天同愿：可"左手引妻子，右手抱琴书，终老于斯"也。

今之午时，历数月之书稿杀青，心中大悦，于庭前花间独酌，微醺而兴起，因作此《花影楼记》。时乙酉年初夏之五月六日夜。

我现在再读这篇小文，还能感觉到自己当时毫不掩饰的满足和低调的骄傲，即使是现在，我依然对自己的这方小小天地感到心满意足。尽管由于受到空间和财力等因素的局限，花影楼注定无法完全体现我的园林审美趣味，更无法和真正的园林同日而语，但它却为我的生活带来了一缕抒情的意味。我终于明白几千年来我们的先人为什么对园居生活的热望始终不减，因为这样的生活的确可以让人的身心得到深度的陶醉。

今年春天，我入住花影楼已经快二十个年头，它变得更有风韵了，粉墙黛瓦上有了风雨和日子的擦痕，石缝间萌出了青草和苍苔，花草们也蓬勃了枝条、婀娜了身姿。仿佛这不是人工的山水，而是大自然本色的一隅。

我常常在读写困乏之时，仰躺在暖阳下打个小盹儿，迷迷糊糊中，隐隐觉出蜜蜂飞舞的声音和鸽群掠过头顶拍打翅膀的响动。阳光好像不是直射下来的，它让风给弄弯了，风掺和在阳光里如波浪般奔跑，树叶就响起来，花儿和阳光的味道变淡了许多。我觉得这方空间是我在天地间占有的一个份额，这里的风雨阳光都是上天给我的专门配给，不再是公共的了。

去年的秋天，中秋月圆，一家人便聚于庭中赏起月来。天空很干净，月光千里，转朱阁，低绮户，廊柱的影子在地上爬行，阶砌下秋虫低吟，桂花犹有残香。母亲说，好多年没有机会赏月了。语气很邈远，眼前的情景都显得有些不真实了。转眼间离我上一次同母亲一起赏月，中间竟隔着三十多年的光阴，真像是一个长长的梦。那时，母亲多年轻啊。此时，母亲望着和她一样衰老的月亮，喃喃地说，总能一家人一起赏月该有多好。

那一晚，我们在属于自己的天空下欣赏着仿佛只为我们而升起的月亮，我的花影楼让我重新续上了童年那遥远而单纯的日子。我像天地间的一棵草，毫无挂碍地沐浴着月光和清风，已然脱离了人间无谓的倾轧与纷争——我明白了那些在政治的激流中挣扎过的古代文人为什么总乐于寄情山水了。苏州的拙政园即是王献臣为自己建造的避世乐园，园中有一敞轩，名"与谁同坐轩"，取东坡词境："闲倚胡床，庾公楼外峰千朵，与谁同坐？明月清风我。"历经宦海沉浮，阅尽世态炎凉，掏心的话还能与谁去说？他只想邀明月清风同坐。

所以，"隐"是私家园林，特别是文人园林最重要的特征，其基本的文化基调是沉郁而婉转的。私园的墙总也不矮，门却显得低小，这是园主下意识的一个姿态，他所企望的是被这个世界遗忘，而绝非牢记，这便与皇家园林的钜丽、招摇恰成强烈对比。它总是略带羞怯地隐藏在繁华之外，像是热闹的聚会中静坐在角落里的那位优雅内敛的女子。于是，园主们便在那清风明月与林泉山石间，对生命的意义有了崭新的发现。

我以为，花影楼之于我，其意义也已不仅仅是居住环境的改善了，而是一种文化生命的回归。

我很清楚，园林是我们多数人心向往之的理想居所，却只有极少数人才能真正获得。回溯园林发展的历史，那个让我们永远痛苦的结论会再次被强化——园林生来就只属于那些王侯将相和富商巨儒，甚至一开始它只属于唯我独尊的帝王。我们这些芸芸众生不过是园林的参观者或者研究者，我们都曾感受过园林的美，却注定不能把园林中的诗意生活变得日常化。它总是像一个美丽的梦幻，在我们的人生中倏而即逝，而我们终究要面对的是无数个庸常而粗砺的日子。

所以，尽管我的花影楼远不能和真正的园林相提并论，但我却从中获得了类似园居生活的感性体验。这使我备感欣然。

第四辑 >>

原为 世人
美口腹

YUANWEI

SHIREN

MEIKOUFU

冷啖杯与串串香

如果将成都比作一个人,那这个人的脑门儿上简直贴满了耀眼的标签:"最具幸福感城市""休闲之地""美食之都""诗歌之城""一座来了就不想离开的城市"……另外,成都还是"天府之国"的中心区域,这顶桂冠它一戴就将近两千个年头。

不过,在我看来,最能说明问题的还是"美食之都"这个头衔。民以食为天嘛,对成都人来说更是如此,吃就是天大的事,要是吃不好,其他一切的一切都只能"空了再吹"。

不过,吃不仅仅是为了饱腹和营养,那只是最基本的功能,他们更为看重的是通过美食去感受有盐有味的日子。

于是,在这座充分世俗化的城市里,对美食的狂热成了多数人的宗教。逢了喜事,搓一顿以示庆祝;遇了愁苦,吃一餐安抚身心……他们相信,就没有一顿美食搞不定的事情。

于是，每天黄昏，满大街都是寻找美味的吃客。他们不但要大快朵颐，还要让别人参观他们忘情的吃相。店家便将美食摊子扯到门口的街沿上，一家紧挨着一家，一溜摆开，自远处望去，似一条长龙，那连成一片的人头便活像是龙体上黑色的鳞甲。这万人共食的行为艺术给成都夜晚的街头增添了一道奇特的景观。

而最成规模且气氛热烈的吃法莫过于冷啖杯和串串香了。

冷啖杯

冷啖杯是一种传统的消夏小吃，听这名字，生动而古雅。冷，当然是冷着吃的凉菜了；啖，在古汉语里当"吃"字讲，比如"日啖荔枝三百颗"；杯，自然是要"晕"两杯的意思，无酒不欢嘛。这街边摊的平民食品竟有如此古雅大气的名字，说明这种吃法很有些年头了，这一定是古代成都的吃货为它取的名字。

冷啖杯天生便是夜间的"露天小剧场"。白日里人都忙着，太阳也炽烈，必得等到日头偏、西天色欲暝的时候，人们才能搁下手里的活儿，闲闲地踱到街边，往那小凳上一坐，立马就会有稻草人一般瘦精精的小弟娃儿碎步上前，用郊县方言问你："哥（或者姐，嬢嬢或者大爷），想吃点啥子喃？"

老食客一般想都不用想，说"还是老规矩"，意思是直接上冷啖杯的标配菜品。荤菜有卤制的兔儿头、香嘴儿、小肚、鸭脖，另外再来个炒龙虾、炒田螺，中辣的。素的走个拼盘：藕丁儿、卤豆腐干、干煸四季豆；盐水毛豆单独来一盘。啤酒先整他一扎，冰镇的哈，玻璃壶壁上挂着水珠珠那种……好了，弟娃儿，先整这些，不够再点。

出我们苑区大门便是一条名叫芳华横街的小街道，右拐五十米，抵拢倒左拐，玉林南路与芳草东街那几百米长的路边便是清一色的苍蝇馆子。苍蝇馆子其名甚妙，很是传神，让人立马产生强烈的画面感，多半是店堂窄兮兮、设施旧趴趴、桌凳油腻腻、苍蝇乱嗡嗡。不过这都是人们印象中旧时的模样，如今环境与卫生条件均已大为改观，但那名字却保留了下来，即使没有苍蝇，也还叫作苍蝇馆子。不过人们并不把它当成是恶名，反倒认为这是味道最好的民间美食的代称。我有时想，若专门养几只表演性的"饭苍蝇"在食客间盘旋，没准会更形象，更名副其实了。

这条街上的苍蝇馆子家家生意都好，一律出摊占道，彼此无缝连接，一时蔚为大观。各色人等聚食一处，全无身份之别，有斯斯文文的眼镜教授、白白净净的公司文员；有开玛莎拉蒂的时尚女郎、穿着土气的"摩的"司机；还有肥头大耳的企业老板、隔壁小区的干朽儿保安；偶尔还有老外加入，大胡子上常挂着晶莹的油珠……别看这市井小吃不上档次，但它总会让人非常开怀。

常有外地游客路见此景，皆甚为异之，纷纷拍照记录，以便日后向亲友津津然讲述这一旅途的奇闻。在他们看来，这简直就像是西南边地少数民族的一种奇异的风俗，等同于彝族的火把节，或者壮族的三月三。

冷啖杯全城各处皆有，而规模最大、最接近于某种盛大节庆活动的则非都江堰的"万人冷啖杯"莫属了。每年入夏前后，在古堰景区内的南桥附近数百米长的蒲阳河两岸，冷啖杯万人宴便摆开了阵势。

每天日头偏西、天将擦黑的时候，从成都和都江堰市区赶来的好吃嘴以及外地游客，便已选好了中意的桌位，准备狂嗨一顿。我也不时从青城后山下来接个地气，食几口人间烟火。往河边一坐，先是喝茶观景，再从穿梭往来的小贩那里买些豆花、凉粉和花生米之类的小吃香香嘴巴。待河灯初上、霓虹闪烁，夜宴的帷幕便正式拉开了。

此时，欢声笑语掺和着美食的奇香浮漾在空气中，远处青山隐隐，眼前绿水奔涌。岷江之水带着大山的野性与融雪的寒意，与河岸霓虹和彩灯的迷离幻影相交合，起舞弄清影，何似在人间。

冷啖杯虽是冷着吃的凉菜，却能造出最热烈的气氛。开席时，食客都还斯文含蓄，男人正襟危坐，小口呡咂着啤酒；女人翘起兰花指，用牙签挑出田螺肉，慢慢送入樱桃口。但不到半个时辰，忽然风云突变，男男女女齐开战，桌上没有了绅士，淑女也不再矜持，壮志饥餐美味菜，笑谈渴饮冰啤酒。你看那豪情的大叔，突然情绪贯顶，显然乐而忘形，打个光胴胴，暴露出啤酒肚，大喊："加菜加菜！上一盘青城山老腊肉，再来个大份的炒龙虾！"不一会儿，桌上的杯盘碗盏就摞成了一座小山。

正巧卖唱的歌手拖着音响、挎着吉他踱将过来，有食客一把抢过歌手的话筒，张嘴一声干嚎，声音被音响夸张出去，锐利沙哑，还有点跑调："朋友一生一起走，那些日子不再有……"此时，邻近几桌的人情绪也被煽乎起来，顺着曲调一路唱下去："一句话，一辈子，一生情，一杯酒——"尾音被搞怪式延长好几倍，在快要断气的瞬间突然收住，全场静默三秒钟，随即爆发出一阵放肆的大笑。此刻，所有的人高举酒杯互敬，欢笑打闹之声响彻夜空……

整整一个夏季，这里的夜晚都被激情烧得滚烫，汹涌着野性的狂浪，如脚下岷江急流一般奔放。这里远离居民院落，全无扰人之虑，原本就是专门开辟的美食"红灯区"，引诱你"闻香下马，知味停车"，就是让你来"胡作非为"的！你可以放下在城里吃冷啖杯时的那份理性与矜持，尽情开心和疯狂，尽情感受日子的活色生香。

串串香

冷啖杯是冷着吃的凉菜，是夏夜里的美妙消遣。而"串串香"却恰好相反，是将食材放在沸腾的汤锅里烫着吃的。它四季皆宜，而冬天吃则尤为美妙。不过，这一冷一热两种吃法也有一些相同之处，那便是：露天、街沿儿和群聚。

串串香与火锅相类，也可算作火锅的一个变种，所以又被称为"小火锅"。两者都有底料，都用蘸碟，但串串香更为价廉、随意，不像火锅那么正式，没约到三五个人都不好意思进店去，就好比一个人没法跟自己结婚一样，起码得再来个人。而串串香则不同，馋了的时候一个人也能去烫上几串，狠狠地过一把嘴瘾。

所谓串串，就跟烤串一样，将荤素食材用竹签串上，一根竹签串上三到五块，然后浸入汤锅里煮食。当然，也有冷锅串串，底料调好后，将事先用白水煮熟的食材放进去浸泡，上味后即可食用。

串串香食材的种类比火锅还要丰富，几乎所有家常菜品都可以入锅煮食。近年来，海鲜这种原本以品尝本味为宜的食料，也被吸纳进串串香的菜系当中，可见成都人对外来食物的包容态度与改造创新能力实在不同凡响。

串串香入锅的时间长短，因食材不同而异，全凭经验把控，起锅后放到蘸料中调味、食用。蘸料分油碟和干碟两种，油碟与火锅接近，而干碟则有另一种风味。它的主要成分是辣椒粉和花椒面以及盐、味精、芝麻、花生碎粒等，蘸上入口，犹如核弹级的浓重鲜香与麻辣在味蕾上炸开，有一种毒品般的致幻作用。尤其是在夏天，越吃越热，越热越吃，以毒攻毒，全身通泰舒服。而冬天，则有一种温暖随着串串香的滋味通向身体的每一个细胞。于是，催出眼泪、鼻涕、汗水，一大堆用过的餐巾纸，便在碗碟边皱皱巴巴、横七竖八。

跟火锅相比，串串香吃起来更加有趣。首先，可以在室外吃，空气流通，可看街景、打望美女与帅哥，还可以形成浩大的聚食场面，感受浓郁的生活气息。其次，食材品种、数量按需自取，且价格更为低廉，计价方式也非常别致——吃完后按竹签数量算钱，一串也就三五毛。而且你还可以趁机摆个谱，吃饱喝足，然后大声武气地喊一嗓子："弟娃儿，快点过来数签签儿！"感觉相当有派头，其实数下来也就几十块钱，撑死了不过百十来块。

成都的串串香遍布全城，有名无名的店子生意一律都好。最著名的串串香品牌"玉林串串香"便诞生在我们玉林社区，而现在它已是遍地开花，分店无数家。就在距我家院子百余米外的玉林南路街沿上，每到黄昏时分，食客便一字排开，坐在大红色的小桌矮凳上大快朵颐。

爱吃串串香的大多是年轻人，鲜有老年人的身影。年经人食欲旺盛，又多不善厨事，更因忙累一天，这时，最想做的事便是犒劳肠胃，于是，往路边摊上一坐，将疲累和烦恼随了食材一同入锅烫煮。

串串香近十来年飞速发展，已经与火锅平分天下了。它是典型的平民食品，虽显得低档了些，却能提供极强的味觉享受。你龇牙咬住一块，将其从竹签上撸下，这个动作略等于"撸串儿"，吃相虽不大优雅，但感觉却相当带劲，特别是在挥汗如雨的夏夜，一长排的食客在一起同时撸串儿，简直有一种大型团体操的壮观阵势。

在别的大中城市里,出摊占道都是不被容忍的。但在成都的许多小区,占道经营的串串香却蔚然成风,也不知是城管失职或是仁慈,总之,串串香大行其道,成为一道亮眼的风景。有时,一些外地人也会踊跃加入,体验一把这种奇特的食俗。

不过,也有对这种吃法深感惊异的外地人。有一回我陪一位来自京城的朋友吃饭,路见街边吃串的盛大场面,她着实被吓了一跳。而其中两位姑娘喝着啤酒、撸着串儿的情景更是差点让她惊掉了下巴。在她看来,这简直是有伤风化的异举,女孩子家的,就不能稍微矜持那么一点点吗?

答案是不能。没有办法,这就是乘风破浪的成都小姐姐,全无观念上的禁忌,只为活得更加爽意。当然,也会不时出现柔美的画面——你看那桌凳都矮小乖巧,食客便会不自觉地身体前倾,女孩子更是喜欢将肘部撑于桌面,以手掌轻托香腮,专注亲昵地与同伴交谈,显得特别柔美温婉。

冷啖杯与串串香,有时也被归入"鬼饮食"的范畴,是成都人夜间共享的平民美食嘉年华。它们是平常日子里喜滋滋的烟火表达,是成都人集体创作的行为艺术。它们讲述着这块土地上的人们对生命的热爱和对市井生活的眷恋。它们天天都在寻常巷陌里激情上演,且永远没有落幕的一天。

深夜"鬼饮食"

夜宵哪里都有，但像成都夜宵这么丰富、这么有历史感和烟火味儿的着实不多，而且更有意思的是，它还有一个极为奇特的别号，叫作"鬼饮食"。

乍一听，外地人多半不明白是何意思，但稍加提示，立马就能会意，觉得实在贴切得很。可不是吗？大半夜的，鸟雀归巢，牛羊入圈，人也落屋了，谁还在街巷里晃荡，甚至还大吃特吃呢？答案是，鬼！

在那昏黄暧昧的路灯下，那夜气迷蒙的街角处，晃眼一看，影影绰绰，还真觉有鬼魅出没。没错，这时大鬼小鬼都出来觅食了，而这些鬼便是人们常说的"好吃鬼"。

第一次亲历鬼饮食是1994年的深冬。那时我刚来成都，在台里剪片子至凌晨时分，骑车回宿舍途中，见一环路衣冠庙路口人行道上摆着七八个流动夜食摊，好几十人坐在小板凳上悠闲地吃食，满街飘着有些呛鼻的菜香味儿。我瞬间感觉馋虫从喉咙里爬了出来，便不自觉地靠近小摊，要了一碗滚烫的抄手，稀里哗啦，几乎没有用到牙齿，抄手就囫囵地滚落到了胃里，顿时暖流如电一般通遍全身，还浸出一脑门子的热汗。

多年之后我还能清晰地记起那碗抄手的味道和心里的感受，美妙得难以言说。我没想到一向没被我瞧上眼的路边小摊竟有此等的美味！而那极美的感受或许不光是因为美味，更是因为饥饿和寒冷，以及离家漂泊的孤单与辛苦，更有夜幕与街灯的迷离与梦幻……这一切瞬间纠缠在一起，成为一次情绪高潮的铺垫。此时，一碗美味的食物充塞了我空无一物的胃，安慰了它的虚空，并通过它向孤寂的魂魄致以亲切的问候。这让我想起老家的一句俗谚来："宝宝快吃吧，吃饱不想家。"原来胃和心是紧密相连的，饥饿感也能牵动思乡情。

那顿夜宵让我知道了成都的鬼饮食，知道了深夜里有那么多需要通过食物来安抚身心的人们。以往我总以为夜色是空洞的，飘着单调的黑帐，而自那以后我知道，夜晚是存在于另一个时空的平行世界，依然有斑斓的色彩，同样上演着人生的剧目。

夜里竟有那么多醒着的人，有的留恋着活色生香的良辰，不舍得闭上眼睛；有的则因生计而丢失了黑暗中的酣眠，活在被折叠的时空里面。而他们都有着一个共同的身份，那便是一只饥饿的"鬼"。

属于鬼饮食的时段一般是在午夜到凌晨三四点之间。而天黑之后至零点这一时段，"鬼"还潜伏在人间，做着和普通人相同的事情。只有当城市进入睡梦中的时候，他们才会在它的梦境里穿行，像出租汽车和偶尔划过天际的流星。

夜幕降临时，那些生意场上的大小老板就开始出入于酒楼饭庄了，他们看上去人五人六，却总在饭桌上给人献媚陪酒。一桌数千元的大餐没能尝上几口，倒是灌了一肚囊的苦酒。散席后凉风一吹，才感觉胃在腔体中飘荡，便往那路边的小摊上一坐，也不管档次不档次、身份不身份了，这里起码手脚能伸得直，腰杆也可以挺起来。

于是学着梁山好汉的口气招呼摊主，"尽管将些酒菜来，待洒家一并算钱与你"。那摊主殷勤看座，上菜、开酒，这才让他觉得自己从"丘二"变回了大爷。其实刚才在宴席上应酬的时候已经喝得有点高了，但那算不得喝酒，只是灌了满腹烈性的委屈。而现在得重新喝上一回，好好安慰一下那可怜的肠胃和尊严，再顺便校正一下先前被扭曲的社会角色。

啤酒来一打，兔头、拱嘴儿、大龙虾，还有豆芽儿、藕片儿、四季豆儿，再来一碗酸辣粉儿……直到清洁工挥着扫把在大街上"哗哗"地划拉，这厮才感觉胃被慢慢地撑起来，然后打着饱嗝、剔着牙，挺着肚子尽兴而归，进到屋里倒头便睡。

还有一些人，那可是十足的"好吃鬼"。老婆的厨艺简直不敢恭维，晚饭只是马虎地填个肚子，纯粹的公事公办。然后找个理由溜出去，喊上二娃、闷墩儿和光头儿等一干老鬼，一起上街去鬼混。先打几盘电游，再搓几圈麻将，夜黑风高时，窜至街边摊，吃一顿"鬼类"的饮食。吩咐摊主抬一件纯生囤起，各来一根蹄花儿，再上几个"零件儿"——卤兔腰、烤鸡肾、猪尾巴儿。夜宴的序曲奏响，口福之旅开启，这样的日子实在是相当安逸。

成都午夜的街头从来不乏人气，"夜游神""夜不收"蓄意逃避睡眠，披星戴月地推动着夜生活的繁荣。玩游戏、打麻将、看夜场电影的人，捏脚、K歌、酒吧闲坐的人，还有为情所困、深夜买醉的失意人……最终他们都会聚在街边的小摊上，吃吃喝喝，尽享口腹之乐。

醒在夜里的人，除了这些主动找乐和买醉的主儿，还有一大批各行各业的夜班员工：出租车司机、便利店店员、外卖小哥和急诊科医护……他们带着疲惫与饥饿刚刚结束辛苦的工作，需要一顿具有强烈刺激性和饱腹感的美食来抵抗这艰苦的生活。还有准备上岗的公交车司机、清洁工人、电台DJ、航班空乘、批发市场摊贩。过去，还有三轮车车夫和装卸工人……他们都是鬼饮食的主力人群。

我也曾是其中的一员。那些年上深夜新闻的直播，收工已是凌晨，身体疲惫却精神亢奋，躺在床上思绪飞扬，更遭遇饥饿的袭击。此时，楼下鬼饮食摊上的肉菜香味悠悠地飘进窗口，如美女一个意味深长的眼神，勾引我疾步下楼，直趋那美食摊前。

楼下的芳华街茶馆、麻将馆、游戏厅相当密集，鬼饮食便生意红火。鬼饮食有两种形式，稍有资产的，租个店面，24小时营业，夜场从子时开始，一般售卖冷啖杯和串串香，食客多的时候便在店门口加摆几组桌凳。而缺少本钱的，则多是以街为市，接近凌晨便陆续出摊。摊子搭在一辆小推车上，便于移动，案板、锅灶、煤气罐，还有各种加工好的生熟菜品以及调味料均放置其上；桌凳都是小巧轻便的折叠式，往摊边一摆，美食"小剧场"便鸣锣开演了。

流动摊子似乎更贴合鬼饮食的性质，在夜幕下到处游走，像是漂泊的"鬼"影。其售卖的菜品有适合下酒的酱、卤、腌、熏、泡类和凉拌的肉类，也有可以立即饱腹的淀粉类食物。有现成的，有现炒现卖的。我特别喜欢老丁夫妇的炒龙虾。火开到最大，爆火猛料，老丁右手执铲，左手持锅，龙虾入滚油，快速翻炒，旺油被火苗引燃，一团火球在锅中腾起，老丁连续快速颠勺，三五两下，再浇上两勺高汤，稍加焖烧，然后起锅装盘。这时，直接用手拿起一只，掐头去尾剥皮放入嘴里，麻辣蒜香、鲜嫩滚烫，真是美味无比。

百米之外陈眼镜的海鲜烧烤也是一绝。这家的食材特别新鲜，配料独绝。竹签穿上，放在炭火架子上翻烤，蛋白质收缩，嗞嗞作响。陈眼镜火候掌握精准，肉质鲜嫩，放在辣椒干碟上一滚，真是欲死欲仙。

成都的鬼饮食中不可不提的是老妈蹄花。人民公园旁边的东城根南街是蹄花店铺"打堆堆"的地方，在成都无人不知。街上数家店铺相连，有易老妈、廖老妈、黄老妈，还有钟氏、郭氏、丁太婆，均自称正宗老妈蹄花。

我搞不清哪家是正宗的，但可以肯定的是每家的蹄花都是上品。猪蹄经文火慢炖，蹄、汤双白，宛若玉足浮牛乳。撒上葱花，其色尤美。那蹄花拱出汤面，外皮微破，即将骨肉分离，好像就要散架似的，却又形状完整。此时，雪豆也已开花朵朵，赶紧夹起一坨放入剁椒豆酱碟中一滚，入口即化，软糯不腻。

多年前，这里就因老妈蹄花而成为鬼饮食的圣地。那时，几乎每家店门口都砌有一座蜂窝煤灶，灶上炖着大锅的浓汤。有一年冬天的深夜我从那里经过，锅里的热气白雾般蒸腾，抬眼看见那书有"老妈"字样的店招，便想起远方家中的老妈，顿觉心中一酸，继而又是一暖。那是一种难以抗拒的诱惑与召唤，更是一次模拟的灵与肉的回家。

成都的鬼饮食这些年来更为多样性与规模化了。东门建设路上的建设巷已然成为鬼饮食的大本营，每天晚上人头攒动、鬼影重重、蔚为壮观，简直就是一个美食的"万人坑"。而我们玉林这一片也毫不逊色，花串串、冷啖杯、板命兔腰、嗞嗞烧烤、香卤现捞……真是不一而足，极度丰富。

成都，这座到处都可以刨出文物和典故的城市，深沉而随和，文雅却不高冷，书卷气与烟火味混为一体，让人深深沉醉。而鬼饮食更具有治愈的功效，夜里得到它安抚的人们便因此可以睡上一个好觉。

第二天清晨，街道又恢复了喧嚣。遗留在鬼饮食摊点周围的那些垃圾已被早起的清洁工打扫干净，而滴落在地上的油渍汤汁更不会有人去留意。昨晚这里似乎什么也不曾发生，但确又真实地发生过，而那所发生的一切便只有"鬼"才知道。

花影楼中凉菜宴

我猜想，中外任何一种菜系都应该少不了"凉菜"这一品类，而凉菜在川味系列中则发育得尤为充分，出落得风姿绰约。

不过，这凉菜有多少是成都本土的原创，谁也说不清楚。成都为四汇之地，各方美食便随八方之众汇聚于此。别处的种子本地的土，落地生根就长芽，久而久之便不知其来处了。

故而成都的菜品融合了各方之味，集成美食之大全。我非资深吃客，更不是美食专家，但吃过的美食也着实不少。随便一数，光凉菜就能搜罗出好几个大类来。拌、卤、酱、炸、熏、煮、泡、烤等便是最常见的制作方式，而菜品的数量更多到无以计数。我尝过的知名品牌，此刻能想起来的大致有这么几个：黄伞肺片、丁卤肉、蒋排骨、魏鸡肉、廖记棒棒鸡、王氏现捞、红星兔丁。而没有大名头却有好味道的凉菜则遍布大街小巷。可以说，没有哪家的会特别差劲，顶多就是不够出色而已。

川味的凉菜当然也是以麻辣为主要特征的。提供辣味的多是红油辣椒，我老家自贡称之为"熟油海椒"，其制作过程相当考究。辣椒经晾晒脱水、剪切研磨之后，被制作成辣椒面，再将若干调味香料放入菜油中煎熬，待香味充分释放后泼到辣椒面上将其烫熟。于是辣味与香料的味道混合，产生一种奇异的香辣之味。

红油辣椒经过各道工序，特别是滚油的浇烫和浸泡，已经失去了侵略性的燥辣，变得温和而香味绵长，就像经历过生活磨励的人，内敛、圆融又淡定，那是一种"老辣"，再没有生鲜椒和愣头青那样的火爆与急躁了。

这红油辣椒便是凉菜的魂，而花椒则是凉菜之魄。花椒有磨粉和整椒两种用法，生椒与熟椒亦各具风味儿。无论哪种，锋芒都无须收敛，甫一入口，舌尘微颤，极似管弦乐如歌的行板中突然跳出的一段小号，一枝独秀，似要刺破屋宇、直冲云霄。

于是，这麻与辣携手各种鲜香的辅料，共同制造了一次味觉的奇幻之旅。强烈的刺激引发兴奋与震颤，直蔓延到心底，简直要夺人之魂、摄人之魄。这既是生理的，也是心理的一次高级的享乐。

当然，川味的凉菜并非都这等的重口味，也有清淡隽永的味型：卤鸭熏鹅、酱蹄腊舌、炸虾泡爪、清水毛豆、盐渍花生、卤水肥肠……口味各异的菜品相互搭配，口感层次极为丰富，像大型乐队的演奏，百音齐发，交响萦回，律韵悠悠，身心陶陶。

更为神奇的是，这种凉凉的菜品却能让人吃得热火朝天，即便配以冰镇啤酒，即便是在寒冬数九。它不因失温而失味，它面冷心热，不管独食还是众餐，它都能长久相伴。它是比火锅更持久的一种慢食，它可以听你倾诉，陪你长谈，它面色不改，身姿依然。

因了这样的禀赋和气质，它天然地适合掏心掏肺的酒聚，而且最宜于户外。于是，我的花影楼便成了文朋诗友频聚的最佳场地。春花炸蕾、夏雨初霁、秋月当空、冬日暖阳，四时都有宾朋来访。这便品茗饮酒，凉菜端上，热闹相语，无所顾忌。不时有好吃善饮者中途加入，也不需汤菜回炉，只移桌加凳邀相见，添酒回灯重开宴。再看那凉菜，依然保持着当初的容颜。

一开始，来了客人我和夫人便要去张罗饭菜，因为来花影楼的客人就是奔这环境而来的，多不愿去饭店进餐。在他们看来，这露天的家宴设在花丛中，自是远胜于饭店里的豪华包间。这里可抛却礼仪、言行不拘，且永不打烊。但宾客频来，我却每每陷于厨房，损耗掉太多与他们漫聊的时光，这便想出直接买凉菜以取代亲自下厨的办法。果然，效果即刻凸显，既解放了人力，又节省了时间。

后来，朋友们发现，办一桌凉菜也是花销不菲，且"醒时同交欢，醉后各分散"，最终还是会留下个烂摊子让我来收拾，而这样的聚饮并非偶尔，而是经常，便觉得有所叨扰，总有些于心不安。于是，一种全新的思路很快便打破了固有的模式。

比如，三五个家伙突然来了兴致，约好来我家花园酒聚，便各自买一两种居住地附近最好的凉菜带上。这样，各方美味便汇于一桌，既饱了口福，又分摊了我的伙食开销，还减少了我善后的麻烦。再后来，他们甚至还自带酒水，按成都话讲，这叫"打平伙"，流行语便是"AA制"，或者叫"众筹"。他们说："你只管提供场地，做个陪吃陪喝陪聊的'三陪'就好，这样我们反倒玩得心安理得。"

此模式一经推出，大家果然玩得更为轻松和快意了，聚饮也可以更为频繁和持久，遂名之"花影楼凉菜宴"。积极倡导和推进这一聚会改革的是川师大文学院的范锐兄，他还充满激情地写下一首长诗，对此大加颂扬。

……
那么就在今天，让我们出门吧，
到谢帅家楼顶喝酒去！
叫上芳草街的老二、
青石桥的干朽儿、
玉林村的眼镜儿。
……
所有的卤菜、所有的凉菜都来吧！
让我买下你们，用税后的金钱，

再用有毒的塑料，装下你们！
有那红星的兔丁、王氏的现捞、
夫妻肺片、棒棒鸡、卤牛肉、煮花生、拌豆筋，
还有那荷叶鸭和熏猪耳朵。
所有的下水都来吧！
卤菜、酱菜、拌菜，全是今天第一锅！
……

看看范教授这失韵的现代诗，一点不逊于古典格律的文雅与美感，也不缺乏悠悠的古韵。诗中的老二、干朽儿和眼镜儿，不就是李白醉后呼唤的"岑夫子"和"丹丘生"吗？范教授声音再宏亮点吧，没准会惊动了李太白，勾引他转台与我等花园相会，来他个"会须一饮三百杯"。

好了好了，不管太白来与不来，老二、干朽儿、眼镜儿，将进酒，杯莫停，但愿长醉不愿醒；啃兔头，剥毛豆，与尔同销万古愁！

带响的美食

成都美食之多，就像打翻了米缸，实在数不过来，单是其中的小吃，品类就多到没人敢说他遍尝了所有。但我发现，小吃中带有声响的品种却是屈指可数。

那何为"带声响"呢？就是有些小吃在制作和售卖的过程中会产生特殊的声音，而这种声音又是构成食物美妙滋味不可或缺的重要部分。我总是想，在评判厨艺水准的"色香味形"几项指标之外，还应该加上一个"声"字，这样食物之美便会通过味觉、嗅觉、视觉和听觉全方位地作用于人的感官，使美食更多了几分特别的滋味。

我不曾做过专门的美食研究，故而不能尽知带有声响的川味小吃到底有多少。但就我个人的经验而论，锅魁、三大炮和叮叮糖无疑是其中名气最大的三种。

锅魁

锅魁是一种类似于大饼的美味小吃，四川人也常将它写作"锅盔"。考证起来"锅盔"似乎更为贴切，因为它最早是士兵行军时随身携带的干粮，是将面饼置于头盔中用柴火烤制而成的。

据说锅魁为蜀汉丞相诸葛孔明所创。当年他率军北伐中原，行前特令"炊事班"制作这种简易的干粮，士兵且行且食，星夜兼程，大大提高了行军的速度。所以，当时蜀汉军队屯兵之处后来取名"军屯镇"，军需产品锅魁也"军转民用"，成为该镇的一款特色小吃，这便是著名的彭州军屯锅魁。

锅魁不仅在四川地区非常流行，在陕西一带更成为日常的主食，我估计这很有可能就是当年蜀汉军队北伐时留下的美食遗产。而同样的东西在不同的地方却被演绎成了完全不同的风格——陕西的锅魁大如锅盖，而四川的则只有碗口大小，且品种更为丰富，凡一二十种之多。

虽然有这么多的品种，但归纳起来无非两个大类。一类是在面粉当中加入调味料，或者锅魁中间夹肉馅儿，油气较大，香酥可口，比如椒盐锅魁、红糖锅魁、芝麻锅魁、千层锅魁，著名的军屯锅魁也属此类。另一类为白面锅魁，几乎不用油和任何调料，食用时在锅魁边沿剖开一条小口，将事先做好的卤肉、凉粉、拌三丝和大头菜等馅料夹入两层面饼之间，现夹现吃，很像是肉夹馍和汉堡的吃法，别有一番风味儿。

不管哪种锅魁，制作过程都是一大亮点，那就是搞出巨大的动静来，引人关注，诱人馋涎。记得我儿时，恰逢食物短缺的年代，永远都是饥肠辘辘，一听到打制锅魁的声音心头就着慌得紧。

我家楼下就有一间锅魁店，门面破旧，一堂土灶蹲在门口。烤制锅魁时，灶上放一口两尺直径的平锅，师傅先用毛刷在锅面上薄薄地刷上一层菜油，再将八到十个完成造型的面饼放置锅上翻烙定型，然后移至锅下的灶堂之内，竖靠于堂壁之上，借着炉温将锅魁烤熟烘香。

这是白面锅魁的做法。烤熟之后，其表皮鼓起，形成中空之状，且有不规则的焦糊块，很像是严重的老人斑。刚出炉的锅魁散发出一股淡淡的面香和炭火味儿，带着烫手的温度，中间即便不夹馅料，就一层层撕着吃，滋味也相当悠长。

好吃自是不必多说了，最让人欢喜的还是那"乒乒乓乓"打制的过程。师傅揉好面，揪下拳头大一块，用擀面杖擀压成饼状。擀压之前，他要先起一个范儿，像川剧里主要人物的亮相，得要上一套花枪。只见他将擀面杖在手指间转动翻滚，一会儿抛接，一会儿敲击案板，发出响亮的声音。那声音带着节奏，或三拍子的"嘣嚓嚓"，或四拍子的"嘣嚓嚓嚓"；有时密如急雨，有时缓似微雪；忽而银瓶乍破水浆迸，忽而幽咽泉流冰下难……他像一位忘情的鼓手，旁若无人、酣畅淋漓地表演着，沉醉在艺术的氛围之中。

随后，锅魁打制程序开启。只见他左手转动面团，右手用擀面杖擀压，这套动作与擀饺子皮相类似。他擀压几下，又将擀面杖在案板上敲打一阵，时而如战鼓密击，时而似轻风过林。擀压、敲打间隔进行，三四次反复之后，一个锅魁便已成型。

事实上，锅魁是"擀"而非"打"出来的，但人们还是习惯于将其称为"打锅魁"。用上"打"这个动词，画面感和音效便猛然增强，更为生动传神了。打锅魁是一种为生计苦练而成的技艺，是招揽生意的路演式行为广告，在我的童年记忆中留下了深刻的印痕。但可惜现在成都市区里已经很难见到能够弄出那么大阵仗的锅魁店了，便浑觉失去了它原本的趣味。

有时去郊外散心，在一些小镇上偶尔还能听到打锅魁的声音，每次我都会不由自主地寻声而去，买上一个边走边吃。遂想起白居易写胡饼的诗句"面脆油香新出炉"，更觉意味悠长。这时，记忆中那家锅魁店"乒乒乓乓"的击案声又会从岁月的深处悠悠飘来。

三大炮

在成都的众多小吃中，三大炮大概是最有名的了。这个怪怪的名字是极易撩起人的好奇心的，倘若还亲眼见过、亲口尝过，那就必定是终生难忘了。

这三大炮一听便是带响儿的食物，是与打锅魁一样的、极具表演性质的传统小吃。那"大炮"三弹连发，动静自然不小，"咚咚咚"的响声总会引人去关注。不用任何解释，何为"三大炮"，那是一看便知。

原来，那三发"炮弹"是三枚由糯米制成的丸子，个儿如核桃般大小。那产生音效的设备则是放置在铜皮案板上的几组铜碟，铜碟有烧饼大小，两个摞在一起为一组，一般有五到六组。当"炮弹"被表演者用力挥手"发射"到案板上的时候，案板会发出"咚"的一声闷响，同时也会震动铜碟，发出清脆如锒一般的声音。高频与低频共振，混为和声，成为交响，而且是三炮连发，"咚咚咚"，猛烈而短促。同时还伴有表演者"嘿嘿嘿"或者"一二三"的吼声，极具感染力，围观者便忍不住想要尝他一尝。

再回头说说那"炮弹"都打到何处去了，又击中了什么目标。原来，在案板的前方放着一个铺满黄豆粉和芝麻粉的竹簸箕，那表演者站在簸箕的正对面，中间隔着那块案板。他扬起手臂，呈45°角将"炮弹"射向桌面，"炮弹"便立即弹向簸箕。那簸箕是斜放着的，"炮弹"击中簸箕后便会顺"坡"滚落到簸箕的下沿儿，满身都沾上了黄豆芝麻粉。这时，表演者用夹子将"炮弹"夹到方便碗里，再浇上一勺红糖汁，撒两小撮花生碎和芝麻粒，又在"炮弹"上插上两根竹签，然后递到你的手里。于是，你用竹签挑"弹"而食，一边品着那糯糯甜甜的滋味，一边在街上闲闲地游逛，心情便十分舒愉。

三大炮一般都在一些热闹的商业街区和旅游景点售卖，目的就是为了让你边吃边逛，坐着吃反倒会大失其趣。在古代，它本就是逛花市、庙会时好吃嘴们最喜爱的间食，说明一千多年来这个传统都不曾改变，实在难能可贵。

我一向不喜甜食，但有时陪家人、朋友逛街，也偶尔来他一炮。竹签挑起，小口慢咂，东游西逛，便觉身心怡然、日子光亮。

叮叮糖

叮叮糖是个象声词。"叮叮当当"的声音是小贩用打叮叮糖的铁器相互敲击发出来的。那声音听起来很有些音乐感，又清脆又能传得很远，贩子也便省去了用肉喇叭吆喝，只敲打那铁器，"叮叮当当"的声音一响，人们就知道卖叮叮糖的来了。

在我的老家，叮叮糖被唤作麻糖，但我觉得"叮叮糖"这个名字更为贴切，形象生动，且富有画面感，让人能想象出那小贩挑着担子走在街巷中的样子。而那"叮叮当当"的声音对小孩子来说具有致命的诱惑力，特别是20世纪70年代的孩子，那声音极像一种摇控的信号，可以瞬间启动你舌头下面唾液腺的开关。

我现在还能记起童年时常念的一首有关叮叮糖的儿歌：叮叮

当,敲麻糖,敲得娃儿心头慌;麻糖甜,麻糖黏,眼看就要过大年……后面几句有些模糊了,但意思都还记得,大意是说:想要多吃麻糖就得好好听话,将来可以娶麻糖匠的女儿做媳妇。可见麻糖在孩子们的心目当中有着何等重要的地位。

但麻糖匠都是乡下人。常在我们大院附近卖麻糖的那个半大老头样子有点凶恶,眉骨外突、眼窝深陷、身形健壮、体毛浓密,我总疑心他是从猿到人的过渡性生物。我有些怕他,想必他的女儿也长得很丑,就老是担心他看上我,强迫我娶了他的女儿。

自从有了这种担心,我老觉得他在打我的主意,一听到"叮叮当、叮叮当"的声音,心里就万分矛盾,既想逃离又想靠近。而诱惑最终总会占据上风,一攒够了钱我就会壮着胆子去买上个一二两来解馋,买完撒腿便跑,瞬间无影无踪。

叮叮糖是用粮食淀粉粗加工而成的一种麦芽糖。小贩将它做成直径约为两尺、厚度十五厘米的圆瓶形状,放在箩筐上面的簸箕里,用白布盖上,卖的时候将白布揭开,用专门的工具敲打成小块,然后称重计价。

叮叮糖看上去是软软的一大堆,可你用再锋利的刀也切不动它,只能用铁器敲击,一敲它就裂了、碎了,像是一种气节,它宁可碎掉也不苟全。敲叮叮糖的工具叫什么名儿我说不上来,样子像锄头,力量是由一根铁棒或小锤子敲在上面再传递到糖块上去的。叮叮糖一般要被敲成滚刀菜形状的小块论两售卖,而那敲击时发出的声响也是非常悦耳。

好的叮叮糖甜而不腻,咀嚼后化渣,吃完满口爽净。而劣等的,吃到最后则会留下满口的糖渣。说句良心话,那个模样凶恶的麻糖匠手艺真不错,他做的麻糖我至今都非常怀念。

可是上高中那年的夏天,他突然消失了,听不到"叮叮当当"的声音,整个暑假我都若有所失。但不久之后,有个十六七岁的女孩子又时常在我们大院的附近"叮叮当当"起来。从打扮上看,她一定来自农村,但模样却是城里姑娘也少有的俏丽,脸上还有两朵彩霞般的红晕。她有些害羞,不敢正眼看我,我见了她也有些心慌。后来我才知道她就是那个麻糖匠的女儿,这让我实在难以置信,心想那么难看的爹怎么会生得出如此美貌的闺女呢?

后来我搬离了那个大院,就再也没有见到过在街巷里卖叮叮糖的小贩了。而最近几年,成都的老旧小区里偶尔又能听到"叮叮当当"的声音了,每次响起我心里都会小小地激动一下,一瞬间涌起孩童时代那种美滋滋的感觉。

如今,叮叮糖也是与时俱进了,提纯工艺更优,吃起来甜糯化渣,口味也更为丰富了,增加了草莓、菠萝和巧克力等口味,而以前仅有姜糖和芝麻味两种。

现在,有些糖食铺子也有分切好装瓶装袋售卖的叮叮糖,网上也能买到,但没有了"叮叮当当"的声音,那还能叫叮叮糖吗?那声音真是非常悦耳,是一种有暖意的市声,有时在冷街背巷里响起,七弯八拐飘进窗棂的时候,已经变得有些模糊了,淡淡的，似有若无。而恰是那种断续渺远的感觉，总会让我心里升起一股说不出的美意。

偶尔，我会想起多年前那个"替父出征"的害羞而俏丽的女孩。我总是好奇地想，她最终是让哪个幸运的臭小子给娶走了呢？

别样的成都菜市

成都物产之丰富，到菜市一瞄便知，不必多言，关键是服务也相当到位，称之为"五星级服务"亦不为过。但作为一个在成都生活了近三十年的地道四川人，我却是近几年才意识到这一点的。

大约三年前，我在玉林菜市买菜，碰到刚搬进我们院的一位东北老妹儿。她是第一次上菜市来，感觉很不适应，嘴里一连串地打着"啧啧"，说"你们这里的菜市实在太那……那什么了……"她一时找不到合适的词来形容，"那什么了"好几次。我以为她被菜贩坑了，忙问："谁欺负你了？带我去！"

她连说不不不，"我的意思是成都的菜市服务太赞了，弄得我有点手足无措，买几块钱的东西，享受的简直就是几千万大客户的待遇！"见我一脸迷茫的样子，她补充说："你看，南瓜、冬瓜啥的都帮着削皮，买鱼还给去鳞、剖肚，萝卜又切丝儿、切块儿的……"

我说是这样的啊，有什么好奇怪的？她说："我们那儿只管卖，绝不可能帮你做这些，可能你一直生活在这儿，就不觉得了。"她这么一说我才意识到，成都菜市的服务确实是很周到的。没想到我们觉得理所当然的事情，在别的地方或许就成为奢侈品了。

我突然想起多年前在北京某菜市买菜的经历。菜贩都垮着一张脸，像你借了他的谷子还了他糠似的。你问个价，他爱搭不理；你还个价，他鼻子里只哼一声，斩钉截铁地说"不讲价"！你说买几根葱，他直接白你一眼，因为人家是论捆卖的！

两相对比，简直就是一次触及灵魂的"忆苦思甜"教育。我深刻地认识到，咱四川，特别是成都玉林的菜市是多么让人温暖的地方。当你走进菜市的时候，只要眼睛往某菜摊上瞟了一眼，摊主就会笑靥如花地向你热情招呼："眼（镜）哥，想吃点啥子？""妹儿嘞，买点鳕鱼嘛，美容的哟！"喊得你心头热和得紧。

你要是不买，就朝他笑一笑，就算你在他隔壁那家买了同样的菜品，他也不会嫉恼，更不会向你翻白眼。你买多买少摊主都一样热情，你买了他一把菠菜，还想买几根葱，他干脆就送你了；你买了半斤猪肉，他会问你怎么吃，你说做丸子或者包抄手，他会帮你把肉剁成肉末，还拍一小块老姜剁碎了加进去，下厨的人都懂，老姜是提味的；你拎着肉去面摊，问老板半斤肉买多少抄手叶子合适,他一秒钟就算出来,你回去一包,不多不少刚刚好。

摊主们都乐于主动服务,为顾客着想。有时,他们简直像你爸妈,左叮咛右嘱咐,还兼做美食顾问,简直恨不得把你家保姆的活儿也一块儿干了。

总结一下,买鱼肉和蔬果两大类食材,摊主通常会提供什么样的服务。

鱼肉类

你告诉摊主,你们小两口想吃一顿红萝卜烧排骨,他会告诉你排骨两三根就够了,不多卖给你,不像北方,一卖起码是半扇。如果你没告诉他用途,他会主动问你,以便帮你选择适合做烧排骨、炖排骨、粉蒸排骨或者糖醋排骨的料,并斩成大小不同的块。

买猪肉、牛肉也是如此。一看你是小青年,大多不善厨艺,摊主就会问你做什么菜,告诉你回锅肉要割三线肉、二刀座座、带皮的、半肥半瘦才好吃。腰沟肉做里脊最好,炒京酱肉丝也行。买个猪腰子,他一剖为二,将里面带骚味儿的筋膜组织一刀刀旋净,还帮你切成花刀,又建议你再买一两猪肝,来个肝腰合炒。猪蹄是事先去了毛的,还在火上烤成焦糊色,又用小刀猛刮,变成白白净净的玉足。你吃卤猪蹄,他帮你砍成小坨坨。你炖蹄花汤,他就抡刀剖为两半边。

买鸡、鸭、鱼、兔等,摊贩帮你宰杀、煺毛、刮鳞、剖肚自不必说,还帮你按需要砍成最为合适的大小及形状。烧鸡、炖鸡、凉拌鸡、熏鸡、卤鸡、辣子鸡,各取所需。鱼片、鱼块、鱼丁、鱼丸,应有尽有,剩下鱼骨还可以熬汤。泥鳅也要剖腹掏内脏、剪掉脑袋去掉尾。另外,黄鳝、兔子都必须施行"骨肉分离"。还可以帮你将鸡爪去甲,龙虾剔线。

摊主们大多会对畜禽类进行肢解,"零件"分类出售,如鸡爪、鸡翅、鸡腿、鸡胸、鸡胗、鸡脖,还有猪耳朵、猪尾巴、猪拱嘴、猪蹄子,以及鹅肠、兔肚和牛鞭。这样可以满足食客的特殊嗜好。

蔬果类

南瓜冬瓜黄瓜、毛豆胡豆豌豆、玉米山药荸荠之类的瓜蔬豆果,一律提供削皮剥壳服务。摊主整天都不闲着,除了接待买主,就是一直不停地整理菜品、剥壳削皮。

所有菜品都被理得整整齐齐、洗得干干净净,一看就有卖相。折耳根会摘去毛须,茎部小刀刮净,白嫩犹似玉腿。莲藕也刮洗得干净白皙,还可以分拆,论节来卖。豌豆尖已经摘好,只掐最嫩的那节巅巅,口感便更佳,绝对不卡牙。

除此之外,摊主还向顾客提供个性化、精细化的贴心服务。你买碗凉皮或凉面,说带回家吃,老板会将作料另外装袋,方便你现拌现吃，以免作料久渍影响口感。你买莴笋，哪怕一根，他不但不嫌买得太少，还帮你撕皮，问你是切片、刮丝还是削滚刀。甘蔗、西瓜、杧果、菠萝都要削皮、切块，纸盒盛装，吃起来不会汁水漫流，显得文明优雅。你怕刮洗芋儿麻手，他便很乐意为你代劳。还有带壳的龙爪豆，卖的时候也都一律去壳煮熟……

我带着东北老妹儿在菜市逛了一圈，她感慨万端，竟感动得眼圈泛红，说我何德何能，得到这么多的照顾，心里好生不安，关键的关键，所有的贴心服务全部是免费的！我说你体会到消费者是上帝的爽感了吧！就算你提出像鲁智深对镇关西那样的要求，摊主也会照办不误，绝对不会生你的气。

东北老妹不解其意，疑惑地以目寻问。我回道，那鲁达对郑屠说："要十斤精肉，要切作臊子，不要见半点肥的在上面；再要十斤都是肥的，不要见些精的在上面……"

她以标准东北大婶豪爽的笑声驱散了盘踞心中的纠结，说："我现在可以心安理得地享受服务了！"那天，我也是因为她才意识到成都菜市服务的超级豪华。我敢说，即便你是一个烹饪的菜鸟，只要在菜市里多逛几趟，厨艺也会很快提高，因为周道的服务让你拎回家去的几乎是美食的半成品了，只需下锅一炒便能享用。

我越来越觉得成都菜贩是相当务实且善于学习借鉴的一个群

体。以前说起上海人买葱都是一根两根地买,觉得太过小气,都当笑话来听。但多年之后,上海人生活的精致与服务的人性化触动了成都人,菜贩将上海人那套办法拿来一用,确实有效,观念遂为之一变。

还有一例值得一说,我老家自贡素有食兔的习尚,菜市摊主便提供兔子剔骨服务,因而自贡"盐帮菜"中以无骨兔肉为原料的菜品名扬巴蜀。而成都人却大多不知兔肉该如何烹制,销量自然不甚理想。有一次我跟玉林菜市一个卖兔子的老板讲起自贡食兔的盛况,他竟悄悄跑到自贡去拜师学艺,回来后去骨手艺已臻纯熟,如同庖丁解牛,兔肉销量明显增加。

别小看他们都是小商小贩,做好了收益也会相当可观。他们大多坚强乐观,舍得吃苦,善于学习,勤于服务,便及时获得了生活的回馈。有一回我在我们院里碰到一位菜市的肉贩,问他怎么会在这里,他说他在院里买了房子,两个娃娃也接来城里读书了,现在一家人的日子过得和和美美、滋滋润润。

我想,这便是充分市场化竞争的双赢局面。高维度的竞争不是价格的互杀,而是服务的贴心和周到。成都享有美食之都的盛誉,这或许也是原因之一。

味觉的启蒙

倘是将拉萨比作朝圣者的"麦加",把北京誉为追梦人的战场,那成都一定可以用"吃客们的天堂"来形容了。此地集结了来自省内各地的川味美食,国内外特色美味也多有所见。我虽算不得美食家,但所尝之物也委实不少,我始终认为,川菜乃世间之至味。

这个判断实在是没有多少道理,仅针对我味蕾和肠胃的"个人爱好",如宋人林洪所言,"食无定味,适口者珍"。所谓"适口"之物,人各异之,有人酷爱臭豆腐,有人则闻之欲吐;还有榴莲、芥末、鱼腥草、藿香、香椿等奇异之味更是爱恨两极,实在无有一定之标准。

前一阵子去日本,一路品食各种日式料理,寿司、海鲜、烤肉,还有什么天妇罗、汤豆腐、乌冬面等,其工艺之精湛、摆盘之有形、色泽之丰富,无可挑剔,同行者多视为上品,说在国内绝难吃上如此地道的日本美食。而我的胃肠却颇感不适,以"咕咕"之声轻诉着数日来的委屈和忧伤。我一直相信，我们的胃肠是有个性和尊严的，强加一些它们所反感的东西，无异于一种暴政，更会引发胃肠系统的联手反击，于是，搅得腹中翻江倒海，几欲呕吐。

这便想起背包里所备的一瓶老干妈，心里忽一亮堂。这情景类似于心梗发作，慌乱中摸到了衣兜里的速效救心丸。于是，舀出一勺直接送入口中，一种舒爽幸福的快感迅速抚慰了愤怒的胃肠。这个过程我称之为"镇胃"。

镇胃，其实是中医的说法，是指服用镇胃丸之类的中成药，以缓解因某种疾病引起的呕吐症状。而食物的不对胃口也会引发类似的反应。这"镇"字，我以为有镇压或者镇静之意，是一种对胃肠暴动的压制或者安抚。当我就着老干妈大口刨完一大碗白米饭的时候，我在心里充满感激地对陶华碧女士说：老干妈呀老干妈，您虽是干妈，却胜似亲娘啊！

我一直相信，这种对某一味型近乎亲情般的依赖与我们幼年时味觉的启蒙关系重大。当我们的舌尖第一次触到母乳和米糊之外的味道时，味觉记忆卡便会自动记录下味蕾对这些味道的感受。这种味觉记忆便会跟随我们终生，并让我们坚定地认为，我们的味蕾触到这些滋味的那个地方就是我们永远的故乡。

我的故乡在川南自贡，距成都一百多公里，两地民间都有为婴儿"开荤"的习俗。一般是择一吉日，请家里的老人或德高望重的邻居来主持这一仪式。做父母的便会恭敬地将婴孩交由那尊长抱着，尊长先取单箸于手，再依次于小碟中蘸上一点汁液送入孩子的口唇。孩子便伸出粉嫩的小舌头舔上一下，双唇不停蠕动，咂摸着这股从未尝到过的滋味。

这样的开荤仪式对于崇尚美食的家乡人来说，其意义不亚于基督教的洗礼。每一个孩子都会经历这样的味觉启蒙，这标志着这个孩子此生的美食之旅由此开启。

我的味觉自然定型于川味了。川菜是一种最能刺激人类食欲的特殊味型，其味之所以美妙，是因了调料的独特，豆瓣酱、泡辣椒、酸菜、花椒是其四大法宝。所以，川菜的味儿重，对味觉的刺激自然也较为强烈。辣，是辣椒素作用于味觉神经所产生的一种微痛的快感；麻，则是花椒中的柠檬烯刺激味觉神经时产生的轻微震颤，这种震颤就是被我们感性描述为"麻"的那种口腔愉悦。

经历了这种浓烈滋味的味觉启蒙，便会对此产生强烈的依赖，再吃别的什么东西，胃就会恹恹不振，甚而忍无可忍。这就是人们常说的"不对味"，我则称之为"不对胃"，就是味与胃的不投缘。川人出差省外，回来后第一件事往往就是直奔火锅店，以安抚胃的寂寞；吃了肯德基、比萨饼之类寡淡无趣之物，便想来碗面条镇一下胃，以辛辣鲜香来唤醒沉睡的胃。胃醒来了，日子才能重新开始。

我以为，胃对某种味道的不适应，或者叫作反胃，其实是我们的身体开启了一种自我保护机制。当味觉神经触到某种陌生味道的时候，会立即向胃肠系统联防联治指挥中心发出预警，高度警惕陌生外来之物。于是，胃肠系统即启动安全应急预案，以"假饱"的主观感受抵制不明外来物的进入。

所谓"假饱"，乃是一种温柔的拒绝。我们都会有这样的经验，吃到不合胃口的东西，几筷子下去就已没了胃口，其实这是味觉和胃肠系统故意向大脑传递一种"饱胀"的信息，让你食欲大减，甚而放下筷子，以确保胃肠系统的安全。而反胃和呕吐等剧烈反应，则是胃肠系统要将进入胃肠系统的"异物"强行排出。

作为一位热爱科学的文人，我觉得自己对这种生理反应如此解释是比较"科学"的。所谓"不合胃口"，其实是一种"排异反应"，是味觉与胃肠系统的一次成功的联合执法，将非法闯入的不明物驱离身体。但深植我们脑海中的这种味觉记忆太过深刻，反应太过强烈，却会影响我对其他美食的体验。

像我这样的资深"川胃"就常常深受其害，所有异邦菜肴只要多吃几顿就会翻肠倒肚，以致运化不顺、积劳损削，遂心生愁苦，害起思乡病来。思乡，确是一种很难消除的症候，我相信，那些异乡游子对乡土的思念，其中一定包含着舌尖上那一缕牵魂摄魄的缠绵。我觉得所谓的乡愁，其实首先是胃肠对故乡味道不可消解的思念。

"无论走多远，在人的脑海中，只有故乡的味道熟悉而顽固。"纪录片《舌尖上的中国2》里的这句解说词让我印象深刻，

"顽固"一词更是相当传神。的确，在人的味觉启蒙过程中，最初写入记忆卡中的味觉密码永远无法被删除，具有强大的写保护功能，恰如声音的启蒙中震动耳鼓的第一句方言，它将注定成为跟随我们一生的温暖母语。

若是由川味所启蒙，那他"胃肠的乡愁"无疑是更加浓烈的，转型（味型）自是更为困难。而相比之下，其他口味转型到川味来则相对容易，甚至产生终生的迷恋，因为这种奇特的美味对舌尖的撩拨与挑逗技高一筹，会促使口腔和食道分泌大量消化液，同时，调动唇齿舌、咀嚼肌、咽喉及食道壁肌肉群集体发力，协调推送，这一过程美妙无比，让大脑愉悦神经高度兴奋。川人形容这种感觉叫作"顺吞"，就是吞咽的顺溜与畅爽。

对多数川人而言，实在是"川味之外无他味"了，颇有一丝"除却巫山不是云"的意味。我便是最顽固的"川胃"。多年前，我曾在一些美食杂志上开过专栏，所用的笔名便是"西蜀川胃"。我知道自己在这个方面确实顽固不化，使自己无法享受到更多他乡的美味，但我恶习难改，也便只好无奈地接受了。

川西林盘

林盘人家就像悠闲的牧童,平躺在草地之上,吹着口哨晒太阳,半眯眼睛看云天,而四周的庄稼则是他们放牧的牛羊。

与一人，踱一城

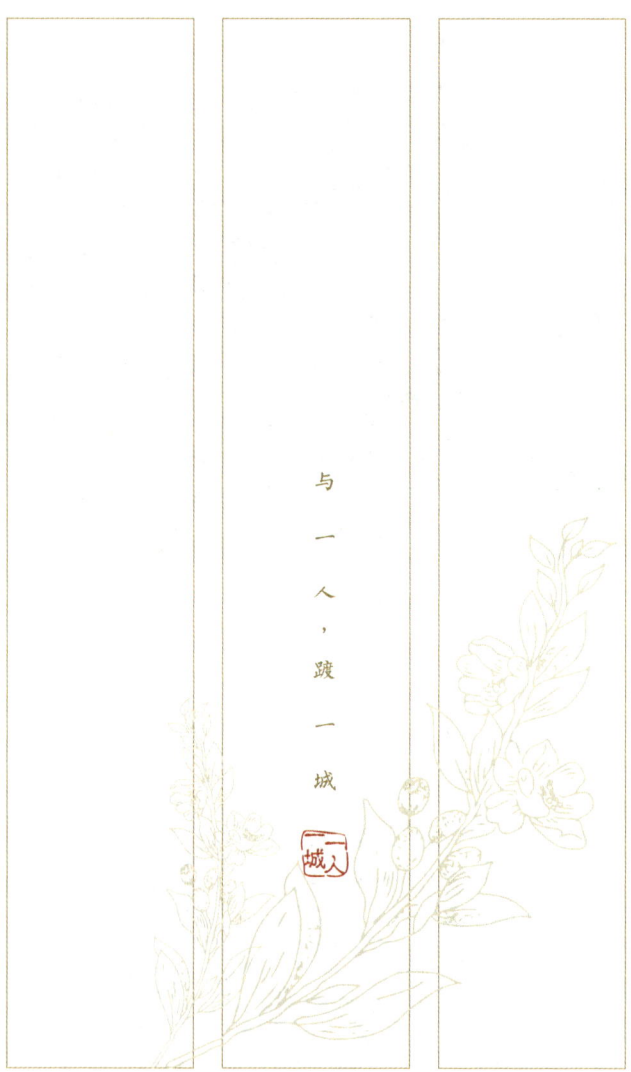

带响的美食

刚出炉的锅魁散发出一股淡淡的面香和炭火味儿,带着烫手的温度,中间即便不夹馅料,就一层层撕着吃,滋味也相当悠长。

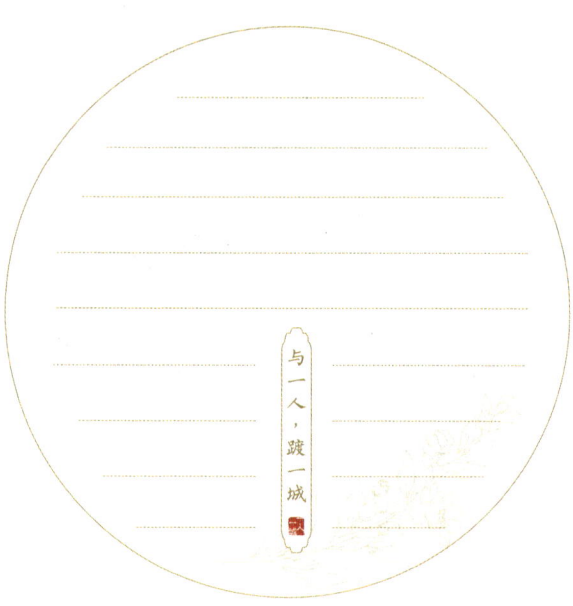